HÉSIODE ÉDITIONS

EMMANUEL BOVE

# L'Amour de Pierre Neuhart

Hésiode éditions

© Hésiode éditions.

1 rue Honoré - 93500 Pantin.
ISBN 978-2-38512-030-6
Dépôt légal : Octobre 2022

*Impression Books on Demand GmbH*

*In de Tarpen 42*
*22848 Norderstedt, Allemagne*

# L'Amour de Pierre Neuhart

# CHAPITRE PREMIER

Pierre Neuhart se leva brusquement et se mit à arpenter son bureau. C'était une pièce assez vaste, située place Saint-Sulpice, au premier étage d'un vieil immeuble dont les appartements, privés d'eau et de gaz, avaient été aménagés en locaux commerciaux. Elle était meublée de classeurs de carton, de sièges usagés, d'une grande table couverte de paperasses, d'encriers, de règles, de pots de colle. Près de la fenêtre, un guéridon supportait une lourde et antique machine à écrire rappelant, par sa solidité et son aspect peu pratique, les premières automobiles. Un appareil téléphonique était fixé au mur, à hauteur d'homme. Quelques affiches, si mal clouées que l'on eût pu glisser le bras entre la paroi et elles, décoraient la chambre.

Invité à passer la soirée chez Madame Aspi, Pierre Neuhart était agacé. En même temps qu'il regrettait d'avoir accepté, il était enchanté de se délasser un peu, de pénétrer dans un monde nouveau, de changer d'atmosphère. Avant de sortir, il décida d'en finir avec son courrier. Il le remettait toujours au dernier moment, les lettres d'affaires étant pour lui une corvée.

– Simone, prenez ce que je vais vous dicter,

dit-il à l'employée qui partageait son bureau.

– Il est presque six heures. Je vous préviens, je m'en vais à six heures, répondit-elle. Il fallait penser plus tôt à votre courrier.

– Faites ce que je vous dis. Si vous n'êtes pas contente, j'en suis désolé. Vous y êtes ? Bien. Adresse : monsieur Muller, rue du Rempart, Maubeuge. Vous êtes prête ? Monsieur, votre lettre du dix courant. Je note d'avoir à vous expédier vingt tonnes de gravier numéro quatre, exempt de sable comme vous le désirez. Le départ aura lieu demain. Étant donné les bonnes relations que j'ai entretenues avec vous... je n'ai jamais rien entretenu avec lui… lorsque j'étais à Maubeuge, je suis prêt à vous accorder toute latitude pour le paiement… ce qui ne m'arrangera pas du tout, mais enfin… Espérant avoir par la suite la faveur de vos ordres qui auront mes meilleurs soins, veuillez agréer et caetera…

Pierre Neuhart s'arrêta de marcher. Il regarda Simone en souriant.

– J'aimerais mieux écrire à une jeune fille comme vous, dit-il. Ce serait plus amusant. Ce que ce genre de correspondance peut m'embêter ! Ah ! la, la, la… si je pouvais… Encore une lettre et vous partirez. Vous êtes satisfaite comme cela ?

– Mon travail finit à six heures. Je veux partir à six heures.

– Terminons, terminons. Adresse : monsieur Balié, douze, avenue de la Révolte, Aulnay-sous-Bois. Monsieur, votre lettre du neuf courant. En ce moment, je suis totalement dépourvu de la grosseur de grain de riz dont vous me passez commande. Mais par téléphone… Cela fait bien, n'est-ce pas, par téléphone ?

Simone posa son crayon et dit :

– Vous le faites exprès ; eh bien ! je m'en vais. Vous vous débrouillerez tout seul. Je commence à en avoir assez de vos façons.

– Écoutez, Simone, il faut absolument que cette lettre parte ce soir. Je continue… Mais, par téléphone, je donne les ordres à mon contremaître, non pas cela, à mes contremaîtres, pour qu'une première livraison de trente tonnes soit prête après-demain. Le solde de votre commande suivra au fur et à mesure de la fabrication. Comme par le passé, vous commencez à m'embêter…

L'employée se leva furibonde.

— C'est vous qui commencez à m'embêter ! Je m'en vais. À demain, et pas avant dix heures. Cela vous apprendra.

Simone avait été enhardie par la familiarité et les confidences de son patron. Il ne se passait point de jour qu'elle ne s'absentât une heure ou deux sous un prétexte quelconque. Souvent, elle lui disait qu'il était « bien bête ». Comme beaucoup de gens préoccupés ou indulgents, il n'attachait aucune importance à ces privautés et attendait patiemment que l'on fût mieux disposé à son égard.

Il y avait une vingtaine d'années, Pierre Neuhart avait été un jeune homme sans aptitude spéciale, pourvu d'une bonne instruction, d'une bonne éducation, conseillé par une famille honorable de fermiers et d'industriels du Nord. La politique seule l'intéressait. Il rêvait de pénétrer dans ce milieu par le journalisme ou par un secrétariat quelconque.

Ambitieux, il vit en ces professions, surtout en cette dernière, un moyen sûr de parvenir et, aujourd'hui encore, parlait-on devant lui d'une jeune secrétaire, qu'il dressait involontairement l'oreille. Cet emploi lui agréait par les relations qu'il permettait de faire, par les secrets qu'il devait autoriser de détenir, par la considération et l'envie qu'il entraînait et, surtout, par les soirées dont il lui facilitait l'accès et au cours desquelles il rencontrerait certainement la femme qui le lancerait par amour.

À dix-huit ans, il vint donc à Paris, loua une petite chambre au Quartier Latin, et, pour apaiser ses parents, alla de-ci de-là rendre visite à des amis de sa famille. Mais il le faisait avec une telle morgue qu'il rebuta les mieux intentionnés. Lui procurait-on quelque sinécure, qu'il avait une moue de dédain. Si l'on ne s'avançait pas, il demandait avec insolence : « Qu'est-ce que vous m'offrez ? ». Jamais il n'avait une parole de remerciement ni un soupçon de reconnaissance. La vie d'un homme d'État lui semblait tellement plus belle que tout ce qu'on pouvait lui réserver qu'il était même joyeux de blesser les relations de son père en étalant le mépris qu'elles lui inspiraient.

– Vous pensez bien, dit-il une fois à l'administrateur d'une compagnie de navigation, que j'ai une autre ambition que de faire de petits voyages sur l'eau. D'ailleurs, où cela me mènerait-il ? À Port-Saïd ? Et après ? Il faudrait revenir et recommencer. Non, ce n'est pas pour moi.

– Eh ! bien, allez faire de petits voyages à Montmartre…, lui répondit l'administrateur qui avait eu vent de la conduite du jeune homme.

Pierre Neuhart fréquentait en effet un monde oisif et déchu où, avec l'argent que son père lui envoyait, il faisait figure de mécène, cela pendant la première semaine du mois. Car ses subsides, il les recevait le trente, ce dont il avait un peu honte, pouvant ainsi, pensait-il, être confondu, par les hôteliers et par les boutiquiers, avec quelque employé. Il passait ses nuits au hasard des invitations de jeunes gens ivres, de femmes fraîchement émancipées, entraîné tantôt dans un café lointain, tantôt dans un tripot. Mais il conservait toujours, comme excuse, un air de fugitif qui s'encanaille. En dépit de cette feinte, il tombait de plus en plus bas. Bientôt, il ne fit plus le moindre effort pour masquer sa déchéance, prenant même plaisir à la compliquer d'attitudes théâtrales. Plusieurs jours durant, il ne se rasait pas, affectait une nonchalance blasée, rembarrait les jeunes femmes qui venaient à lui comme si le nombre de ses aventures amoureuses eût été tel qu'il ne songeait plus à aimer. Quand on lui adressait la parole, il regardait son interlocuteur d'un œil méfiant, une cigarette aux lèvres, voulant ainsi montrer que ce n'était pas à lui qu'on imposait. Ses paroles étaient comptées. À la fin d'un entretien, il disait simplement « compris » ou « vu ». L'hôtel qu'il habitait était souvent visité par la police. Lorsque les inspecteurs l'éveillaient au petit matin pour lui demander ses papiers, il le prenait haut, car, comme tous ceux dont le déclassement est un jeu, il ne tenait pas à être confondu avec les souteneurs, les escrocs de qui il partageait pourtant la vie. Il se levait à quatre heures de l'après-midi, essayait périodiquement de s'habituer à la cocaïne, mais n'y parvenait pas. Son rêve était de partir pour Venise où, lui avait-on dit, la réussite est certaine « quand on a du charme ». Mais son père ne voulait pas lui envoyer les vingt mille francs qui, d'après ses calculs, lui étaient nécessaires pour arriver là-bas avec une malle complète et y manœuvrer avec l'esprit libre et les coudées franches. Il résolut de les gagner. On l'adressa à un professeur de danse. Assidûment il suivit les cours. Le même soin que les sauvages mettent à la confection d'un piège, il l'apporta à ses préparatifs de départ, ne négligeant rien, demandant à des camarades faisant leur droit jusqu'où l'on pouvait aller sans tomber sous le coup de la loi, achetant des journaux de mode masculine, composant des billets amoureux.

La guerre éclata avant qu'il pût mettre son projet à exécution. Pour certains, elle fut un bienfait. Parti simple soldat à vingt-trois ans, sans avoir fait de service car il avait obtenu un sursis, il était nommé, en 1915, aspirant. Blessé plusieurs fois, il redemanda toujours à monter au front. Chaque jour, il perdait un lambeau de sa vieille enveloppe. La vie qu'il avait menée au contact de toutes les classes sociales, de tous les individus possibles, lui paraissait odieuse. En réalité, il retrouvait, au cours de ces années de guerre, le caractère exceptionnel du milieu où il était tombé, mais élargi. De même qu'il avait voulu partir pour Venise, de même il voulut partir pour Salonique. Il en revint lieutenant. La fin de la guerre approchait. Le jeune homme qui rêvait de devenir un aventurier s'était transformé.

Démobilisé, ce qu'il avait espéré obtenir par d'autres, il voulut l'acquérir par ses propres forces. Son père, riche propriétaire et conseiller municipal de Bleuchatel, près de Maubeuge, avait une grande autorité en matière électorale dans l'arrondissement où il disposait de quatre cent cinquante voix, chiffre qui se porta à six cents lorsque la conduite courageuse de son fils fut connue de tous. Il fréquentait en outre intimement un certain Hochet dont la fabrique de tuiles et de briques était la plus importante de la région. M. Neuhart père enjoignit à son fils d'entrer dans cette usine. Il lui avançait quatre cent mille francs. Pierre les apportait dans l'affaire qui était absolument sûre à cause de l'immense travail de reconstruction. En échange de cette somme, il devenait codirecteur, M. Hochet, fatigué par quatre ans de captivité et déjà âgé, ne désirant plus s'occuper que de la clientèle et de la marche générale. Pierre accepta avec joie. Aussitôt, se dépensant sans compter, il adjoignit un dépôt de ciment, de chaux et de plâtre à l'usine, passa des marchés avec l'État, entreprit la reconstruction de villages entiers sur des principes nouveaux, agrandit la clientèle, assura des débouchés. Au bout de trois ans, cette ardeur s'apaisa. Chaque samedi, il se rendit à Paris où il errait le dimanche, sans but, reposé pourtant de ne plus penser à la fabrique. Un dégoût pour Maubeuge l'avait envahi. Il ne pouvait plus voir cette ville ni les gens qui l'habitaient, ni encore les longs bâtiments sinistres de l'usine. Quand il rentrait, le lundi matin, il était si abattu que ses amis ne manquaient pas de faire allusion aux nuits blanches qu'il avait, d'après eux, passées. Ces sous-entendus ne firent qu'accroître l'appréhension qu'il avait du retour. Pourtant, dès que les affaires l'avaient repris, il oubliait ces fugues et redevenait celui qu'il avait été au début. De nouveau, il téléphonait, allait et venait dans la fabrique, prenait des rendez-vous, se déplaçait, surveillait les travaux, avait des démêlés avec la gare.

Une semaine, comme il s'était absenté un jour de plus que d'habitude, M. Hochet, vieillard qui jusqu'alors avait toujours réfréné la fougue de son associé, observa :

– Il me semble, Pierre, que vous avez perdu le feu sacré. Vous êtes en train de gâcher votre avenir. Je vous le dis dans votre intérêt. À mon âge, vous pensez bien qu'on ne désire plus que la paix.

Au lieu de stimuler Pierre Neuhart, cette intervention lui coupa bras et jambes. La briqueterie de M. Hochet lui inspira une aversion plus grande encore. « J'en ai assez, pensa-t-il. Je ne veux pas m'enterrer ici à trente ans. Je veux être libre. Je veux faire ce qui me plaît. Je les laisse tomber avec leurs tuiles et leur ciment. C'est tout de même effroyable de s'enfoncer là-dedans et de s'entendre dire, à peine lève-t-on la tête : Eh ! là-bas, petit, ne remuez donc pas tellement, restez dedans, c'est pour votre bien ! Non, alors, j'en ai assez. »

Une fois rentré dans son argent, Pierre Neuhart, contre le gré de son père que cette « trahison » avait indigné, vint à Paris. Il avait son plan : monter une entreprise d'exploitation de carrières pour laquelle il n'était pas indispensable de disposer d'un gros capital. Il dénicha donc quelques carrières, passa un contrat avec les propriétaires des terrains auxquels il remettait, en échange du droit d'exploitation, une redevance minime sur le chiffre d'affaires, fit l'achat d'un matériel complet pour l'extraction de la pierre, concasseur, cylindres-trieurs, wagonnets, camions, cheddite, perforeuse élecrique, et installa, justement place Saint-Sulpice, un petit bureau centralisateur des commandes. Il était absolument libre. Grâce aux relations qu'il avait conservées à Maubeuge, il ne tarda pas à s'assurer une clientèle. Une vie nouvelle commença, aussi indépendante qu'il l'avait désirée. Si la paresse le prenait, personne n'en souffrait. Il n'avait pas de comptes à rendre ni d'explications à fournir. De temps en temps, il allait au théâtre, au music-hall, soit en compagnie d'une femme rencontrée au hasard d'une promenade, soit avec des confrères. Mais il n'aimait pas à les fréquenter. C'étaient des hommes rudes qui tiraient une fierté de leur origine paysanne, alors que lui, au contraire, ne s'appliquait qu'à la dissimuler. Car, de tout temps, il avait rêvé de distinction, de bonnes manières, de réceptions. Tout en dirigeant ses affaires, il entrevoyait le jour où il serait reçu dans un salon parisien, où il serait très pris à cause des rendez-vous que les femmes de la bonne société lui fixeraient. Les hommes également s'intéressaient à sa conversation. Ils ne trouveraient rien d'anormal à le rencontrer puisqu'ils le considéreraient comme un des leurs. Mais tout cela n'était qu'un songe. Sa vie, elle, était beaucoup plus simple et comme attristée par l'ombre toujours grandissante de ses espérances. Il passait la plus grande partie de ses journées à son bureau de la place Saint-Sulpice.

Il lisait beaucoup, portait le même intérêt à tous les livres. Au moment où il fit la connaissance de Mme Aspi, cette existence aisée et morose durait déjà depuis sept ans.

*<br>**

Lorsque Simone eut refermé la porte, Pierre Neuhart resta un moment interdit, puis il murmura : « Tant pis. On écrira ces lettres demain. D'ailleurs, cela devient rudement fastidieux. On a envie d'envoyer tout valser et d'aller se promener rien qu'en voyant ce bureau. Gravier numéro quatre, hé ! hé ! Quels idiots que ces gens-là ! »

À ce moment, six heures sonnèrent. « Ah ! il faut que j'aille tout de même me changer. Madame Aspi m'attend ; mais pourvu que je ne fasse pas la gaffe de l'appeler madame d'Aspi. J'ai toujours envie d'ajouter une particule quand je prononce son nom. » Il tira de sa poche un peigne, se coiffa dans une petite glace fixée au mur, revint au milieu du bureau.

– On ne peut pas dire que c'est moderne ici, dit-il à haute voix. C'est bien assez beau pour vendre des cailloux. Dire que je vends des cailloux, des wagons de cailloux, des trains de cailloux. Il faudra que je calcule combien cela vaut le kilo. D'ailleurs, je vais demander au contremaître de m'apporter des échantillons. On les mettra sur la cheminée.

D'abord un grain de riz, puis gravier numéro un, deux, trois, quatre. Au fond, j'aurais mieux fait de rengager.

Bien qu'il affectât cette désinvolture, Pierre Neuhart était de plus en plus nerveux. Il ne cessait de penser à Mme Aspi. C'était la première fois, depuis qu'il habitait Paris, qu'il pénétrait dans un monde autre que le sien et qu'il imaginait de beaucoup supérieur.

Aussitôt dehors, il appela un taxi et se fit conduire boulevard Pereire où il avait loué, dans un immeuble neuf, un petit appartement de trois pièces qu'il avait fait tapisser de papiers de couleurs voyantes dont il était très fier. L'ensemble donnait une impression de luxe à bon marché. Un groom, découpé dans une planche de bois, tendait un plateau supportant des articles de fumeur. Des coussins de crin, mais chamarrés d'or ou d'argent, traînaient partout. Un tapis cloué, d'un rouge cru, recouvrait le parquet dans ses moindres recoins et cette teinte éclatante n'allait pas sans surprendre lorsqu'on la découvrait, aussi fière, derrière un meuble quelconque. À contempler les plafonniers triangulaires, les meubles douillets parce que choisis douillets au magasin, on devinait, chez le locataire, une prédominance de goût pour le rococo, mais si légère qu'il avait suffi de l'insistance de quelque vendeur pour qu'elle s'évanouît et le laissât en face de la confection du moment.

À peine entré, Pierre Neuhart mit en marche son gramophone. Il s'assit tout près de manière à le régler sans se lever et, tout en fumant une cigarette, écouta en battant imperceptiblement la mesure d'un mouvement précipité des genoux. Il y avait, autour de lui, un désordre qu'il n'envisageait même pas de réparer. Finalement il ôta son chapeau, le jeta sur un divan. Il avait tourné les commutateurs de toutes les pièces. À la musique et à la lumière, il vouait une sorte de respect. La gaîté lui était agréable. Mais, dans son appartement, cependant qu'un disque tournait, qu'une clarté tamisée tombait des plafonniers, il conservait cette mine de l'hôte qui, ayant conscience de ses devoirs, déploie toutes les distractions qu'il peut offrir. Une expression triste était peinte sur son visage. On sentait qu'il se rendait nettement compte que l'animation cesserait dès qu'il ne l'entretiendrait plus.

– Cela suffit comme cela, dit-il en refermant le phonographe, il faut que je m'habille.

À sept heures, la femme de ménage vint lui préparer son dîner. Il mangea sans appétit, absorbé qu'il était par la soirée de Mme Aspi. De nouveau seul, il retourna dans la minuscule salle de bain, se recoiffa, puis, content d'avoir encore une heure devant lui, se mit à chantonner un des airs qu'il avait fait jouer.

*<br>* *

C'était à « la Grande Avenue » que Pierre Neuhart avait fait la connaissance de Mme Aspi. Presque chaque soir, il se rendait dans des brasseries ou dans des établissements de nuit. Il s'ennuyait tellement chez lui, il avait tellement horreur d'être seul après le dîner, qu'il aimait encore mieux traîner ainsi. Parfois, il faisait la connaissance d'un consommateur plus ou moins aimable.

Il avait cette indifférence de ceux qui se lient facilement. Mais il ne lui venait jamais à l'idée qu'une suite pût être donnée à ces entretiens. Dans le train, dans la rue, au café, il répondait aux gens les plus lointains qui lui adressaient la parole, distraitement, et justement parce qu'il était visible qu'il n'attendait rien, il inspirait confiance.

Mme Aspi, qui était accompagnée d'un vieux monsieur galant, M. de Petitepierre, occupait une table voisine de la sienne. Elle ne cessait de regarder Pierre Neuhart. Comme il l'observait sans se douter de l'attention dont il était l'objet, elle lui sourit, puis, pour satisfaire une curiosité enfantine, semblait-il, demanda :

– Vous n'êtes certainement pas français ? Sur une réponse affirmative, elle ne se démonta pas :

– Alors vous êtes un artiste ! Parce que vous avez un air qui n'est pas celui de tout le monde…

Mme Aspi, quoique d'un âge assez avancé, était très coquette. Elle aimait le flirt, les compliments, l'esprit chevaleresque, les « choses belles ».

Mais elle aimait également à étendre ses relations. Forte du principe qu'il faut connaître beaucoup de monde avant de rencontrer celui qui vous sera utile, elle cherchait à être invitée partout, à être présentée à tous, à rendre service à ses amis, car il lui semblait que, ayant été la première à aider, elle pourrait plus tard demander à ses obligés plus qu'elle n'avait donné. Dès qu'elle se trouvait en présence d'un inconnu, il fallait qu'elle connût son nom et sa situation. Elle parlait sans cesse de l'indépendance de la femme, de sa « nouvelle fonction dans la société actuelle », des clubs : « nous, les divorcées ! » et « celles qui luttent » desquels elle faisait partie et que présidait une jeune avocate, Me Momente.

– Vous êtes peut-être journaliste ? demanda-t-elle encore à Pierre Neuhart qui éprouvait le sentiment désagréable de décevoir.

– Je suis simplement dans l'industrie, madame.

– Vous êtes un industriel alors !

Mme Aspi ne manquait jamais de rehausser ses relations. Un comptable devenait « un monsieur qui occupait un poste important dans le commerce ». Tous les hommes qui la fréquentaient avaient de « grosses responsabilités ». Les femmes étaient toutes « d'une beauté divine, coquettes, mais très fines ».

– Je vais appeler le maître d'hôtel dans un instant si on ne vient pas servir monsieur, dit M. de Petitepierre en désignant le guéridon qu'occupait Pierre Neuhart et en menaçant le garçon de l'index.

– Mais monsieur n'a qu'à s'asseoir à notre table, il sera beaucoup plus vite servi, j'en suis sûre, n'est-ce pas, monsieur de Petitepierre ?

– Mais certainement, madame. Permettez-moi de tirer un peu la table vers nous. Attention, madame.

Avant que Pierre Neuhart eût changé de place et cependant qu'il prenait son chapeau posé près de lui, elle chercha à le présenter à son compagnon qui, les mains tendues, voulait aider à déplacer les chaises. Mais, comme elle ignorait le nom de Pierre, elle dit en minaudant :

– Je meurs d'envie de vous présenter à mon vieil ami, monsieur de Petitepierre, mais votre nom m'est inconnu, monsieur.

Tout en parlant, elle reculait pour faire de la place au nouvel arrivant, déplaçait son sac, s'agitait. Qu'un nouveau venu s'ajoutât à son entourage la comblait toujours de satisfaction. Dans un groupe, elle seule, d'ordinaire, faisait bon accueil aux retardataires.

– Pierre Neuhart, dit l'industriel pour se présenter.

La conversation ne tarda pas à rouler sur des banalités. Puis, M. de Petitepierre parla d'une jeune fille américaine qu'il avait connue et qui avait été très sensible à sa distinction. La conclusion était que « les jeunes filles étrangères sont heureuses de trouver dans notre pays une courtoisie, un respect de la femme, sous lesquels elles sentent cependant notre ardeur ».

– Il faudrait que monsieur vienne vendredi soir, ne croyez-vous pas ? demanda Mme Aspi à M. de Petitepierre.

– Mais certainement.

Mme Aspi se tourna alors vers Pierre Neuhart.

– Il faudra que vous me fassiez le plaisir, monsieur, de venir vendredi soir. Je réunis des amis et quelques élèves, car, à mes moments perdus, je donne des leçons de chant. On fera de la musique. Monsieur de Petitepierre ! écrivez donc mon adresse à monsieur : cent dix, rue de Sèvres. Alors viendrez-vous, monsieur ? Cela me fera un grand, très grand plaisir et vous verrez des gens intéressants.

## CHAPITRE II

En arrivant rue de Sèvres, Pierre Neuhart se sentit un peu gêné. L'immeuble qu'habitait Mme Aspi était assez imposant. Le porche, formant passage, était éclairé par des torchères qui, quoiqu'elles fussent neuves, appartenaient à une autre époque. « J'aurais dû envoyer un mot d'excuse et ne pas y aller ». Ne connaissant personne, il devinait qu'il se trouverait mal à l'aise. Il craignait d'être mêlé à un monde brillant, ayant de la conversation, auprès duquel il eût fait figure d'imbécile. Mais ce qui, en réalité, lui était le plus désagréable, c'était la pensée que les invités savaient quels faibles liens l'attachaient à Mme Aspi. Néanmoins, il se fit violence. Il y avait trop longtemps qu'il rêvait de pénétrer dans la bonne société pour que l'appréhension du dernier moment eût la force de l'arrêter.

Une quinzaine d'invités s'entretenaient déjà dans le salon de Mme Aspi, lorsqu'il y pénétra. Alors que celle-ci donnait une impression de vulgarité, la pièce était meublée avec beaucoup de goût. Mme Aspi, en robe de soirée rouge, les cheveux courts et frisés, ce qui donnait à sa tête l'aspect d'une boule, semblait très gaie. Pierre Neuhart la reconnaissait difficilement. Elle allait et venait, ouvrait des meubles, disparaissait quelques secondes, revenait en riant. À la voir évoluer, on sentait que son aisance était forcée, qu'elle n'avait pas choisi les couleurs tendres ni les meubles qui l'entouraient, qu'elle vivait là depuis dix ans peut-être, mais que d'autres gens, plus calmes, l'avaient précédée.

Les présentations terminées, M. de Petitepierre vint faire au nouvel arrivant un brin de causette, puis il s'éloigna. Pierre Neuhart s'assit à l'écart. Des gens parlaient autour de lui. Il y avait, notamment, deux messieurs, un gros et un maigre, réunis par hasard, qui discutaient avec véhémence.

— Vous n'avez qu'à faire comme moi, disait l'un. Vous commencez petit, vous continuez moyen, et vous finissez grand.

— Je ne dis pas que cette méthode est mauvaise, répondit l'autre. Mais encore faut-il avoir de la chance.

— Mais, misérable tout le monde a de la chance ! Elle ressemble au soleil, la chance. Elle appartient à l'humanité tout entière. Évidemment, si vous aimez l'ombre, eh bien ! restez-y, mais ne soyez pas jaloux de ceux qui préfèrent le soleil.

— Moi, personnellement, je ne suis jaloux de rien et je n'envie personne.

— Je le sais bien, mon cher. Nous ne parlons pas des présents.

— Il ne faut jamais parler des présents, fit une voix fluette.

C'était Mlle Duphot qui intervenait. Pour cette vieille fille qui n'avait jamais eu, avec le monde, d'autre contact que celui de la conversation aimable, les disputes, l'amour, les conseils de famille, enfin tout ce qui est à l'extrême des rapports entre êtres humains, prenait une importance extraordinaire. Entendait-elle un homme dire à un autre qu'il aurait affaire à lui, qu'elle n'en dormait pas. Cette délicatesse ne l'empêchait pourtant pas de potiner. Mais elle le faisait avec une telle innocence apparente, qu'on eût dit cet enfant qui crie devant un homme chauve : « Regarde, maman, ce monsieur n'a pas de cheveux. »

Comme un compositeur aux vêtements minables faisait à présent les frais de la conversation des deux invités, elle intervint une nouvelle fois :

— C'est très juste ce que vous avancez. Dites donc à Mme Aspi que madame X… ou Y… a des dettes partout, qu'elle va se suicider. Vous pouvez avoir la certitude qu'elle l'invitera chez elle. Il y a, d'ailleurs, beaucoup de gens ainsi qui ont un goût étrange pour les anormaux, les déclassés, enfin pour tous les échantillons de basse humanité. J'ai connu un monsieur très bien, un monsieur de notre société... c'était, laissez-moi me souvenir, en mil neuf cent cinq ou six... qui, lorsque, par exemple, un assassin était acquitté, courait tout Paris afin de l'inviter. Mme Aspi n'en est pas là, fort heureusement pour elle et pour nous, mais n'empêche qu'elle a un peu ce penchant, cet attrait pour les excentriques, les ratés, pour tous ces jeunes gens qui ont l'air de sortir de l'ordinaire mais qui ne sont, en réalité, que des impuissants.

En entendant ces paroles, Pierre Neuhart se sentit encore plus mal à l'aise. Assez enclin à s'imaginer que l'on s'occupait toujours de lui, il crut deviner qu'elles avaient été prononcées à cause de lui. Il baissa la tête et, comme le groupe s'éloignait, ressentit un profond soulagement. « Après tout, je ne suis pas un raté. Je gagne peut-être plus d'argent qu'eux », pensa-t-il par réaction. Mais son bureau de la place Saint-Sulpice, ses carrières encombrées de machines sur lesquelles la pluie tombait, passèrent devant ses yeux. Il se souvint que la compagnie des contremaîtres et des carriers brutaux ne le choquait en rien. « J'ai beau faire, je suis plus près d'eux que de ce monde. » Cette constatation l'emplit d'amertume. Il leva la tête. Près du piano, des jeunes filles riaient. Un invité, paraissant plongé dans de profondes réflexions, passa près de lui. Mme Aspi s'entretenait avec deux vieilles dames. Un jeune homme feuilletait un livre. M. de Petitepierre venait de se joindre au groupe de Mlle Duphot. De temps à autre, un nouvel invité était introduit. Quoique Pierre Neuhart eût peu d'expérience, certains lui semblaient bien bizarres. Il en était un, notamment, petit, maigre, pas rasé, vêtu d'un complet noir comme on n'en voit pas en France, qui, bien qu'il s'exprimât en une langue incompréhensible, passait d'un groupe à l'autre avec des éclats de voix, des rires, sans s'interrompre un instant de parler ni de gesticuler. Pierre Neuhart ne le quittait pas des yeux. Les courbettes de cet homme, sa suffisance, l'intriguaient. S'il l'avait osé, il eût demandé qui il était à M. de Petitepierre qui passait justement à côté de lui. Tout à coup, il entendit derrière lui la voix de Mme Aspi. Elle disait :

— Mais que vous êtes belle, ma petite Éliane ! Votre robe est absolument délicieuse. Il n'y a que votre maman pour avoir tant de goût.

— Mais ce n'est pas maman qui l'a faite ! entendit-il encore.

Il se retourna. Mme Aspi tenait les mains d'une jeune fille. Cette dernière souriait et paraissait embarrassée de cette admiration. Pierre Neuhart se leva. Il eut alors l'impression orgueilleuse de dominer la jeune fille de toute sa grandeur et de toute sa force. Mais le petit homme maigre qui l'avait intrigué passa près de lui, le dévisagea avec insolence et soumission, et, en faisant naître en lui, une deuxième fois et aussi brièvement, ce sentiment de supériorité physique, détourna un instant l'attention de Pierre Neuhart. Il n'en fallut pas davantage pour que la curiosité de ce dernier se transformât en antipathie et en dégoût. « En voilà un qui a eu de la chance de ne pas être sous mes ordres pendant la guerre », pensa-t-il. Et, sans même s'en rendre compte, il chercha des yeux Éliane. Mais elle avait disparu. Comme avec lassitude, il se rendit à l'autre bout du salon. Il y avait là un divan qu'il n'avait pas aperçu avant, à cause du piano. Éliane y était assise entre deux autres jeunes filles qui la prenaient par la taille et dont elle entourait le cou de ses bras. Toutes trois riaient, parlaient, se balançaient, sans se soucier des autres invités. Pierre Neuhart, qui approchait de la quarantaine, eut honte, un instant, de porter tant d'intérêt à cette enfant, mais soudain il sentit, comme une lumière venue du ciel pour lui seul, le regard d'Éliane posé sur lui. Au même moment il rougit. Dans le brouillard de la confusion, il vit, pourtant, la jeune fille détourner les yeux et, sur son visage, naître une expression d'indifférence. Bien qu'il continuât d'avoir le sang à la tête, il eut alors une sensation de froid. Les invités qui l'entouraient prirent brusquement du relief. Il aperçut, derrière les plus proches, d'autres gens encore, et derrière ceux-ci, des tentures et des tableaux. Il se secoua, s'efforça de s'intéresser à ce qui se passait autour de lui.

— Vous disiez, madame ? fit un invité qui se trouvait à un pas de lui et qui s'adressait à Mme Caturazza, une amie de Mme Aspi. Excusez-moi de n'avoir pas suivi votre pensée, mais j'étais distrait par la petite Éliane. Elle sera superbe, cette enfant. Ne croyez-vous pas, madame ?

Pierre Neuhart, malgré lui, la regarda de nouveau. Elle l'avait sans doute suivi des yeux, car, au même instant, elle tourna brusquement la tête, puis, comme si elle eût été contrariée d'avoir été surprise, elle se leva et alla causer avec un jeune homme. Un sentiment pénible de jalousie s'éveilla en lui. Il voulut s'en défendre. « C'est ridicule, tout de même. Je ressemble à un collégien. Je ne vais pas, j'espère, tomber amoureux d'une fillette. »

— Vous ne dites rien, monsieur Neuhart ! Venez donc avec moi.

Cette invitation le soulagea et ce fut en riant nerveusement, sans raison, qu'il suivit l'hôtesse. Elle le conduisit auprès d'un groupe de vieilles gens qui parlaient, sur un ton morne, comme d'une chose accomplie depuis des siècles, d'un accident qui avait eu lieu dans la matinée. Il s'agissait d'une automobile qui, après avoir renversé le parapet d'un pont, était tombée dans la Seine.

— Monsieur est un grand industriel. Il pourra vous donner tous les renseignements que vous désirez connaître, dit Mme Aspi.

Comme ces maîtresses de maison dont la fierté est de posséder toutes les liqueurs qu'on peut leur demander, elle s'enorgueillissait d'avoir autour d'elle toutes les professions représentées. Et celle d'industriel, justement, était assez difficle à s'assurer. Aussi ne manquait-elle pas de montrer une grande amabilité à l'endroit de Pierre Neuhart qui, lui, avait l'impression d'usurper un titre. Mais il y avait une autre profession qui ne figurait pas parmi ses relations. Elle avait beau faire les démarches les plus compliquées, elle ne parvenait pas à la découvrir. C'était celle de savant. Elle connaissait des peintres, des docteurs, des architectes, des musiciens, mais, en dépit de ses efforts, l'homme trouvant un remède à un mal jusqu'alors incurable lui échappait.

– Vous n'êtes pas en rapport avec un savant ? demanda-t-elle à tout hasard à Pierre Neuhart qui hésita d'avouer la vérité de peur de baisser dans l'estime de son hôtesse.

Mais cette crainte était bien inutile car Mme Aspi, à force d'insuccès, ne se faisait aucune illusion sur les réponses.

Pierre Neuhart s'était peu à peu ressaisi. L'assurance lui était venue en voyant, peinte sur les visages, une certaine considération pour sa profession, alors qu'à lui elle n'inspirait que du dégoût. Il s'enhardit, expliqua aux vieilles personnes les raisons de la fragilité du parapet. Mais il pensait toujours à Éliane. Au milieu du concert de voix qui s'élevait derrière lui, il reconnaissait celle de la jeune fille et quelque chose de mystérieux lui disait que si cette voix, par instant, était plus forte que les autres, c'était pour lui. Comme s'il eût agi par distraction, il se retournait parfois, cherchant des yeux la jeune fille qu'il finissait par découvrir tantôt debout, tantôt assise, mais toujours de profil. Sans remuer la tête, elle devinait qu'il la regardait et ces expressions intermédiaires, qui demeurent sur le visage lorsqu'on est seul, s'évanouissaient pour faire place à un air précis, qu'il fût grave ou rieur.

– Vous avez sans doute de nombreux ouvriers sous vos ordres ? demanda une dame dont les moues à propos de rien, la voix chantante, les gestes précieux, dissimulaient mal la curiosité.

Pierre Neuhart, qui n'employait qu'une vingtaine de carriers, répondit :

– Cela dépend des commandes, madame.

– Mais dites-moi approximativement. Je ne vous demande pas un chiffre précis. C'est simplement pour me faire une idée. Mille, deux mille, vous pouvez me dire n'importe quoi, je n'irai pas le contrôler.

Comme Pierre Neuhart souriait et semblait dire : « Que vous êtes curieuse ! Mais vous ne saurez rien… », elle prit un air de confidence.

– Vous pouvez bien me l'avouer à moi ! Cela restera entre nous.

– Mille, dit Pierre Neuhart pour en finir.

Tout en écoutant son interlocutrice, il s'était sensiblement déplacé de manière à voir Éliane. Mais il dut la chercher longuement avant de la découvrir. Elle s'était assise dans un fauteuil et s'amusait, l'air absent, avec les franges d'un châle. Comme il l'observait, elle s'adossa et, la tête jetée en arrière, fixa son regard sur un tableau à peine visible dans un faux-jour. On eût dit qu'abandonnée et triste elle rêvait.

Quittant le groupe où l'avait conduit Mme Aspi, Pierre Neuhart se dirigea vers la jeune fille, mais en paraissant s'intéresser surtout à deux invités qui parlaient à quelques pas d'elle. Lorsqu'il se trouva à sa hauteur, il tourna la tête dans sa direction. Au même instant, comme si elle eût ignoré sa présence, elle ferma les yeux.

– Vous flânez, monsieur Neuhart ? demanda à ce moment M. de Petitepierre, qui, toujours seul, trouvait du plaisir à aller d'un invité à l'autre, à seule fin d'échanger une parole aimable.

– En effet.

Il y eut un silence entre les deux hommes. Puis, M. de Petitepierre continua :

– Cela ne doit pas être une chose aisée de diriger et de contenter tous vos ouvriers ?

À ce moment, Pierre Neuhart regarda Éliane. Elle venait de se redresser, et, après s'être étirée comme si elle eût dormi, elle se leva, s'approcha d'un groupe d'élèves de Mme Aspi et dit brusquement, ainsi que l'eût fait une jeune fille venant de s'amuser ailleurs :

– On devrait danser ! J'adore charlestonner. Pierre Neuhart aperçut, devant lui, M. de Petitepierre qui attendait une réponse.

– Non, ce n'est pas tellement difficile.

– Pourtant j'ai un ami, vous avez sans doute entendu parler de lui, Balder, François Balder, les automobiles Balder... Il n'est d'ailleurs plus à la tête de l'usine. Une société a repris l'affaire et il en demeure le président afin que le nom reste. Il s'est retiré, à présent, à Porteloup où il fait de l'élevage, oh ! tout à fait en amateur car il possède une fortune rondelette et n'a pas besoin de cela... je vais, d'ailleurs, le voir assez souvent dans sa propriété... nous sommes de très bons amis... nous nous tutoyons et il ne se passe pas une année que nous ne nous voyions. Il a, d'ailleurs, toujours aimé la campagne. Il me le disait encore l'hiver dernier lorsque j'ai été le voir. Eh bien ! mon ami Balder avait sous ses ordres, et je vous parle de bien avant la guerre, plus de trois mille ouvriers. Croyez-moi si vous voulez, mais vous ne pouvez pas vous imaginer le doigté dont il devait faire preuve. Pour un rien, ses hommes le menaçaient de grève. Et une grève, vous devez en savoir quelque chose, il ne faut pas qu'elle dure longtemps pour que les bénéfices d'une année se volatilisent. Production arrêtée d'une part, n'est-ce-pas ? Et d'autre part, frais qui continuent à courir. Cela conduit droit au gouffre.

Pierre Neuhart chercha encore des yeux Éliane. Il vit le fauteuil où elle s'était assise, les élèves à qui elle avait parlé et qu'elle avait sans doute quittées pour montrer qu'elle n'aimait pas la compagnie de la jeunesse, qu'elle préférait la solitude, Mme Aspi causant avec le petit homme maigre et sale, un monsieur pourtant beau qui, les jambes croisées, caressait son cou-de-pied avec amour. La jeune fille demeurait invisible. La crainte qu'elle ne fût partie à son insu le fit pâlir. Malgré lui, il se retourna avec vivacité, comme si quelqu'un se fût avancé sur la pointe du pied derrière lui. Elle s'entretenait avec le groupe de vieilles dames qu'il avait délaissé, il y avait un instant. Cette fois, elle était placée de manière à le voir sans qu'il le sût. Il eut honte de s'être retourné si brusquement et crut discerner, sur le visage d'Éliane, un sourire moqueur. « Elle demande certainement à ces gens ce que j'ai pu leur raconter tout à l'heure » pensa-t-il. Il essaya de se remémorer toutes ses paroles, mais il était si nerveux que la patience lui manqua. M. de Petitepierre continuait à parler de son ami Balder, mais comme il s'apercevait de la distraction de son interlocuteur, il ne disait de lui que des choses insignifiantes, pour n'avoir pas à répéter les grandes lorsque Pierre Neuhart prêterait attention à ses paroles.

Une fois seul, celui-ci s'assit à une place d'où il découvrait le salon entier. Éliane avait quitté les vieilles gens et, indécise, semblait ne pas savoir que faire, lorsqu'un invité, celui-là même qui avait caressé son cou-de-pied, s'approcha d'elle.

– Vous avez l'air toute décontenancée, mon enfant, lui dit-il immédiatement.

Pierre Neuhart espérait qu'Éliane allait répondre froidement, mais ce fut avec une joie apparente qu'elle l'invita à venir s'asseoir près d'elle, sur un divan qui se trouvait justement tout proche.

– Vous êtes vraiment gentil, monsieur, de vouloir bien me tenir compagnie, dit-elle. Je suis toute seule. Personne ne s'occupe de moi. On me laisse dans un coin et on ne me dit rien. Mais vous, vous êtes gentil au moins.

Ces paroles furent un supplice pour Pierre Neuhart. Il se mordit les lèvres pour que la douleur qu'il éprouvait fût causée par autre chose, mais cela n'y fit rien. De temps en temps, il jetait un coup d'œil sur Éliane. Il la voyait, alors, regarder de ses grands yeux bleus son interlocuteur. Pas une fois, elle ne détourna son regard. Si elle riait, si elle faisait une moue, si une expression grave embrunis-sait son visage, ses yeux n'en demeuraient pas moins candidement fixés sur l'invité.

– Vous êtes une petite merveille dans votre robe, dit celui-ci.

– Vous trouvez, monsieur ? Pourtant, vous savez, elle est pleine de défauts. Regardez ces plis. Ils sont plus bas de ce côté que de l'autre. Ce ruban ne me plaît pas non plus. Il est trop long. Et maman ne veut pas que je le coupe. Elle dit que c'est comme ça qu'il doit être.

Pierre Neuhart ne put supporter davantage cette conversation. Il se leva, marcha un peu, fit un détour pour éviter M. de Petitepierre qui se dirigeait vers lui. Lorsqu'il se fut éloigné le plus possible de la jeune fille, il la regarda. Elle fixait toujours ses yeux sur son interlocuteur. Mais à quelque chose d'inexprimable, à leur fixité plus grande peut-être, il sentit qu'elle se savait observée. Il revint au fauteuil qu'il venait de quitter.

– Monsieur, disait-elle, je n'ai pas beaucoup de camarades-jeunes-filles.

Pierre Neuhart venait à peine de s'asseoir qu'Éliane se leva.

– Il faut que je m'en aille, monsieur.

– Mais restez donc encore un peu.

– Comme vous êtes drôle ! Je vous dis qu'il faut que je m'en aille. Maman est très gentille mais elle ne veut pas que je rentre après onze heures.

Éliane s'approcha de Mme Aspi.

– Je dois rentrer de bonne heure, entendit encore Pierre Neuhart. Ma mère serait inquiète.

– Mais partez vite alors, mon enfant. Ne donnez pas de souci à votre maman.

Pierre ne savait que faire. Heureux d'une part que la jeune fille eût quitté cet invité qui lui portait sur les nerfs, il appréhendait d'autre part de la perdre à tout jamais. Il se leva à son tour, simulant une grande lassitude. Cependant qu'Éliane allait s'entretenir avec ses amies, il s'en fut prendre congé de Mme Aspi. Elle voulut le retenir, mais il prétexta une forte migraine pour persister dans sa décision. Tout en parlant lentement comme s'il s'en allait à contrecœur, il surveillait la jeune fille, craignant à présent qu'elle ne partît avant lui ou en même temps. « Je sortirai le premier, avait-il calculé, et je descendrai lentement l'escalier comme si j'étais très fatigué. Elle me rattrapera et, alors, je lui parlerai. »

Lorsqu'il se trouva au rez-de-chaussée, Pierre Neuhart s'arrêta et, retenant son souffle, écouta. Des lumières, emprisonnées dans des boules de verre, éclairaient le vestibule. Aucun bruit ne venait jusqu'à lui. Il sentait son cœur battre, mais il ne l'entendait pas. Plusieurs minutes durant, il resta ainsi, tremblant de peur et d'émotion, puis il gravit un étage afin de le redescendre, une nouvelle fois, très lentement. Lorsqu'il se retrouva dans le couloir d'entrée, il lui apparut tout à coup qu'il ne pouvait plus demeurer là. Une dernière fois, il écouta si Éliane ne venait pas, puis il sortit dans la rue. Il faisait frais. Le ciel, bien qu'il fût constellé, était sombre. Un vent léger courait le long de la rue déserte. « Je vais l'effrayer, cette enfant, pensa-t-il. Je suis tout de même ridicule. Je n'avais qu'à lui parler chez madame Aspi. » Il traversa la rue et regarda les fenêtres du troisième étage. Elles étaient illuminées. Tamisés par les vitres, des bruits de voix, des éclats de rire s'échappaient vers la nuit. Un instant, la pensée de remonter chez Mme Aspi lui vint à l'esprit. « Non, non, je ne peux pas le faire. Et, d'ailleurs, juste au moment où je pénétrerai chez elle, Éliane sortira. J'ai agi comme un enfant ». Mais une supposition le ranima. Il lui semblait, à présent, que si la jeune fille, après avoir tellement insisté sur l'urgence de son départ, s'était quand même attardée auprès de ses camarades, à qui cependant elle ne vouait qu'une médiocre sympathie, c'avait été pour lui permettre de la devancer et de l'attendre. Il retraversa la rue, se posta devant l'entrée de l'immeuble, fit semblant de chercher dans ses poches afin qu'au cas où elle paraîtrait à ce moment il eût une excuse de rester ainsi immobile. Soudain, il sentit une bouffée de chaleur lui monter à la tête. « Elle serait déjà là si c'était vrai. Je suis fou de me faire des idées pareilles. Elle ne sait même pas que j'existe. Elle va sortir, oui, dans un instant, mais accompagnée de quelqu'un, du monsieur, justement, qui tenait tant à savoir si elle avait des amies. Ou bien, elle attend sa mère qui doit venir la chercher. Ce sera bien plus drôle et bien plus logique. Car, après tout, je ne m'explique pas comment une jeune fille peut être aussi libre et rentrer chez elle, toute seule, à onze heures du soir. »

Pierre Neuhart était dans un état de telle nervosité qu'il songea, un instant, à partir, à marcher droit devant lui sans penser, pour tout oublier, à finir la nuit n'importe où, mais loin de tout ce qui pouvait lui rappeler la jeune fille. Il n'en eut pourtant pas le courage. Soudain, il lui sembla que la grande et lourde porte noire de l'immeuble s'ouvrait lentement. Avant de découvrir la personne qui la tirait, il eût eu le temps de prendre une attitude, de marcher, de se donner une occupation. Mais il ne bougea pas, les yeux fixés sur l'ouverture qui s'élargissait, sans qu'il lui vînt seulement l'idée qu'il pourrait se trouver face à face avec M. de Petitepierre ou Mlle Duphot. Il regardait l'obscurité à la hauteur de sa poitrine pour voir tout de suite sortir de l'ombre le visage de la jeune fille, lorsque celui-ci parut, tout à coup, plus haut, car ce n'était qu'une petite porte encastrée dans un battant qui s'était ouverte et Éliane, au lieu d'enjamber la traverse du bas, était montée dessus. Elle sauta dans la rue. Ce détail insignifiant prit une telle importance à ses yeux que, machinalement, il dit, et ce fut la première parole qu'il adressa à la jeune fille :

– Vous étiez montée sur la traverse ?

Elle ne répondit pas et, seulement après qu'il eut prononcé ces mots, parut étonnée qu'il fût là.

Pierre Neuhart ne savait quelle contenance adopter, en même temps qu'une joie profonde le détendait qu'elle fût ainsi seule auprès de lui. Il n'osait pourtant prononcer une autre parole. Quant à Éliane, elle semblait même plus à l'aise que chez Mme Aspi où elle avait eu, par moment, une certaine timidité. Elle était naturelle et tout dans son attitude disait qu'elle eût craint de commettre une impolitesse en quittant, brusquement, cet homme auprès de qui elle était une enfant. La gêne, au lieu de courber sa tête et de rougir ses joues, lui donnait, au contraire, un certain air de bravade. Elle leva vers Pierre Neuhart des yeux candides.

– J'étais sûre que vous m'attendiez, dit-elle en souriant. Vous êtes comme ma mère, vous ne voulez pas que je rentre toute seule le soir.

Cet intérêt, elle paraissait le trouver tout naturel. Aucune méfiance ne se lisait sur son visage. Elle simulait d'ignorer les véritables raisons de cette attente, de croire qu'elles étaient semblables à celles qui eussent incité un parent ou un ami de sa famille à l'attendre.

– Vous savez, continua-t-elle, si cela vous amuse de m'accompagner jusque chez moi, je ne vous le défends pas, mais si cela vous ennuie, il ne faut pas vous gêner. J'ai l'habitude de sortir le soir. Maman a les idées très larges. Et je n'ai jamais peur de rentrer seule.

– Votre mère vous laisse sortir comme vous voulez alors ?

– Mais naturellement !

– Vous êtes une enfant, pourtant, fit Pierre que ces contradictions étonnaient. Je ne sais pas votre âge, mais vous n'avez certainement pas vingt ans.

– J'ai dix-sept ans. Ou plutôt j'ai eu dix-sept ans il y a deux mois.

– Et vous sortez le soir toute seule ?

Elle regarda Pierre Neuhart avec étonnement.

– Quel mal y a-t-il ?

Tout en parlant, elle avait fait une centaine de pas dans la direction opposée à celle de son domicile. Tout à coup, imitant celle qui s'aperçoit d'une erreur, elle s'exclama :

– Mais c'est moi qui vous accompagne, monsieur ! Vous allez sans doute par là ? Moi, je rentre.

– Ce n'est donc pas votre chemin ?

– Non, non, non.

Pierre Neuhart crut comprendre que c'était à cause du respect qu'il lui inspirait qu'elle l'avait suivi. Il en fut profondément touché. « Comme j'ai pris sans hésiter cette direction, pensa-t-il, elle n'a pas osé me faire remarquer que ce n'était pas la sienne. »

Ils firent demi-tour. En repassant devant l'immeuble de Mme Aspi, Éliane dit ;

– Nous allons tomber, vous allez voir, sur mes camarades.

– Sur vos camarades-jeunes filles !

– Alors vous écoutiez ce que je disais ? Où étiez-vous donc, monsieur ? Je ne vous ai vu qu'une seule fois, au moment où vous parliez à monsieur de Petitepierre.

Mais Pierre Neuhart n'entendit pas ces paroles. Il venait de lui apparaître qu'en effet on pouvait rencontrer des invités de Mme Aspi connaissant mieux Éliane que lui et pour lesquels elle l'eût, peut-être, brusquement quitté.

– Vous savez qu'il est tard, dit-il. Nous devrions marcher un peu plus vite. Votre mère sera inquiète.

– Elle dort, maman…

Pierre Neuhart avait complètement oublié qui il était. Il avait l'impression, comme dans un rêve, que des événements extraordinaires allaient le rendre, dans un instant, sans qu'il pût dès à présent le prévoir, le plus heureux ou le plus malheureux des hommes. Il se demandait si réellement il n'était pas seul, tellement la solitude lui semblait plus réelle que cette présence à son côté. Il se tournait alors et, en apercevant Éliane, son cœur battait. Cette jeune fille qui avait fait tant de zigzags dans le salon de Mme Aspi, qui s'était assise, levée, arrêtée, marchait à présent à sa hauteur, à son pas, vers le même endroit. Cela lui semblait tellement incroyable que, de nouveau, il doutait de sa présence. Il la regardait encore. Elle était là. Elle avançait toujours.

– Vous habitez sans doute par ici ? Demanda-t-il.

– Rue Rosa-Bonheur.

– Quel joli nom d'actrice !

– De peintresse, vous voulez dire…

Il rougit de son ignorance et se tut. Éliane ne remarqua rien, tellement occupée qu'elle était à cacher sa jeunesse. Elle voulait être à l'aise, d'autant plus qu'à mesure qu'elle s'éloignait de l'immeuble de Mme Aspi, la légèreté de son attitude se montrait à elle plus nettement et la rendait honteuse. Maintenant, elle ne parlait plus que par monosyllabes, tout en conservant pourtant un visage affable. De temps en temps, lorsqu'une lumière les éclairait, elle levait la tête et regardait son compagnon comme si elle l'eût connu dans la nuit et qu'elle eût voulu savoir quel était son visage. Malgré les efforts qu'elle faisait, elle montrait qu'il lui en imposait. Qu'un homme de cet âge, ayant une situation qu'elle supposait beaucoup plus importante, eût, pour elle, tant d'attentions, la flattait. Elle s'appliquait à mériter ces égards. Bien qu'elle sût qu'elle était belle, elle était loin de croire, à cause de sa jeunesse, que cela suffisait à provoquer un tel intérêt. Aussi avait-elle à présent le sentiment de décevoir, et, quand leurs regards se rencontraient, y avait-il plus d'humilité dans le sien.

En arrivant devant la maison qu'elle habitait avec sa mère, elle s'arrêta. La façade était triste et passée.

– Je vais vous quitter ici, monsieur. Je vous remercie de m'avoir accompagnée.

Comme Pierre Neuhart regardait la maison pour s'en souvenir, elle ajouta :

– Vous ne connaîtriez pas un appartement ? Maman et moi, nous en cherchons un depuis des années.

– Vous étiez toute petite alors ?

– Vous vous moquez de moi, n'est-ce pas ? Mais il y a longtemps que je suis comme maintenant. J'ai grandi très jeune.

– Si, si, je vais m'en occuper, dit Pierre Neuhart que cette demande comblait de plaisir parce qu'elle lui fournissait un prétexte à entretenir des relations avec la jeune fille. Demain, je vais voir des amis. Voulez-vous que nous nous retrouvions après-demain ? Où voulez-vous ?

– Je n'ai aucun idée, monsieur.

– Cela vous est égal que je vous attende chez Old India, place de la Madeleine, par exemple, vers quatre heures ?

– Si vous voulez, mais il faut que je rentre maintenant.

Elle sonna. Ses yeux brillaient. Il remarqua qu'elle tremblait et crut qu'elle allait pleurer. Comme elle lui tendit la main, il la prit doucement en la suppliant de venir sûrement. Elle ne répondit pas, et, tout à coup, il sentit qu'elle le serrait à lui faire mal. Mais il n'eut pas le temps de lui dire un mot : elle s'était sauvée aussitôt.

## CHAPITRE III

Éliane Gelly était une enfant étrange, craintive, capable pourtant des imprudences les plus folles, autoritaire et résignée. À la mort de son père, homme imprévoyant qui croyait, selon une expression de sa femme, « qu'il vivrait toujours », Éliane et Mme Gelly vinrent se fixer rue Rosa-Bonheur, dans un modeste logement. Ce changement de condition affecta Mme Gelly au point que, peu à peu, son caractère s'aigrit. Habituée qu'elle avait été à vivre dans l'aisance, sous la protection d'un homme actif, dépensier, fantasque, qui emplissait l'appartement de ses projets, de ses amis, de sa bonne humeur, elle s'était retrouvée, seule avec son enfant de huit ans, sans autres moyens d'existence que ceux que lui faisait parvenir une famille qui l'avait enviée. Aussi ne sortait-elle presque plus, tellement le spectacle du bonheur d'autrui lui était pénible. Elle s'était repliée sur elle-même. À part quelques relations, parmi lesquelles se trouvait Mme Aspi, elle ne fréquentait personne. Tant de fois le mouvement qu'elle avait voulu donner aux choses avait été arrêté par le hasard ou par les événements, qu'elle se désintéressait à présent de tout. Cependant, elle était encore jeune. Mais elle n'avait plus ni coquetterie ni désirs. Le besoin de paix qu'elle éprouvait avait pris tournure de maladie. Le moindre bruit, la moindre complication, la moindre entorse aux habitudes quotidiennes, la plongeaient dans une telle surexcitation qu'elle se révoltait, elle qui passait pour la douceur même. Elle perdait alors la maîtrise d'elle-même et l'envie de jeter dans la rue tout ce qu'elle possédait se faisait plus impérieuse, car, dès que quelque chose ne se passait pas comme elle le désirait, elle parlait de défenestration. Aussi, pour ne pas en arriver là, se surveillait-elle sans cesse, s'efforçait-elle d'acquérir une insensibilité complète et de ne se laisser émouvoir par rien. Mais cette volonté défaillait pour si peu de chose que ces résolutions étaient inutiles. Il suffisait que des locataires de la maison déménageassent pour qu'elle ne dormît plus et souffrît autant que si on l'eût privée de tout. La pensée qu'on allait et venait près d'elle, qu'on était content de partir ou de s'installer, lui était intolérable. Elle en eût eu les moyens qu'elle se serait rendue à la campagne pour ne rentrer qu'un mois après. Rencontrait-elle, en faisant son marché, des enfants qui encombraient le trottoir, qu'elle en était indisposée pour le reste de la journée. La seule occupation qui la distrayait était de compter. Avant de sortir, elle calculait, à cinq centimes près, ce que lui coûteraient ses achats. Puis, après avoir atteint le prix le plus juste, elle s'appliquait, une fois dehors, à gagner encore quelques piécettes. Ces petits sommes qu'elle arrivait à soustraire à force de marchandage aux commerçants, elle les épargnait jusqu'à ce qu'elles lui permissent d'acheter un objet inutile. Elle n'avait alors aucun remords. Ainsi que l'argent qu'elle tirait de la vente de vieux journaux, elle les dépensait avec une joie mauvaise comme si, à ce moment, elle eût exercé une vengeance.

Ce fut donc à côté d'une mère aigrie, chez qui, maintenant, apparaissaient les premiers signes du délire de la persécution, qu'Éliane grandit. Le faste de jadis était resté gravé dans sa mémoire et s'opposait, quoique les années le rendissent toujours plus trouble, avec la même force à la vie médiocre qui lui avait succédé. Bien qu'elle ne se souvînt que peu de l'aisance passée, elle désirait aujourd'hui exactement la même vie qu'elle eût connue sans la mort de son père, comme si le changement de condition survenu dix ans auparavant l'eût surprise femme. La musique, la danse, le chant l'attiraient. Elle rêvait de devenir une grande actrice entourée de fleurs et d'hommages. Mme Aspi, comme ces détenteurs de valeurs pauvres qui espèrent que l'une d'elles, en montant, les dédommagera de leurs pertes, donnait gracieusement des leçons à la jeune fille, ainsi qu'à d'autres d'ailleurs, jouant ainsi sur la réussite d'une seule d'entre elles, d'autant plus, pensait-elle, qu'un changement de fortune est toujours possible.

À peine atteignit-elle l'âge de quatorze ans que sa mère, déjà, la traita en femme. Jamais elle ne demandait à sa fille ce qu'elle avait fait dans la journée ni qui elle avait vu. Elle la laissait se vêtir comme elle l'entendait, ne lui faisait aucune observation si elle se mettait de la poudre, si, chaque quinzaine, elle changeait de coiffure. Mme Gelly avait accepté son sort. Elle eût eu conscience de se rebeller, si, à l'endroit d'Éliane, elle avait manifesté quelque volonté. Tout irait comme le hasard le déciderait, songeait-elle. L'avenir était inscrit d'avance. À quoi cela eût-il servi de s'opposer aux forces invisibles auxquelles elle croyait chaque jour davantage, depuis que son mari en avait été, selon elle, victime.

Éliane s'élevait toute seule. Elle passait ses journées dehors, dans des musées, chez des amies dont les parents avaient connu son père, dans des expositions. Elle ne rentrait qu'à l'heure des repas, non sans une appréhension, tellement le logement était triste et inconfortable, lorsque, venant de prendre le thé chez une amie, le contraste la frappait plus encore. L'époque de l'année la plus pénible était pour elle les grandes vacances.

Ses amies étaient parties et, seule dans Paris, elle avait alors ce sentiment, qui ne quitte jamais ceux qui l'ont eu jeune, de « vie à part ».

Après avoir laissé Pierre Neuhart, elle monta le plus vite qu'elle put, comme si elle eût été poursuivie, l'escalier de sa maison, et, prenant sa clef (car elle avait une clef), entra chez elle. Sa mère, bien qu'Éliane eût prétendu qu'elle dormait, cousait dans la salle à manger. Elle alla l'embrasser. Mme Gelly ne leva même pas la tête et, comme l'ombre de son enfant s'était posée sur son ouvrage, elle se pencha un peu, afin de ne pas s'interrompre. Il y avait, partout, un désordre que l'on n'eût pas imaginé dans un appartement habité par une femme et une jeune fille. Des tapis roulés étaient appuyés contre un mur. Sur chaque siège, traînait quelque chose. La nappe repliée ne couvrait que la moitié de la table. Sur la partie nue, il y avait encore les assiettes ayant servi au dîner. Le haut du buffet était encombré de cartons, de paquets sans forme, attachés avec des cordes disproportionnées à leur grosseur. Le sol était jonché de bouts de fil, de triangles d'étoffe, de bobines, d'étiquettes décollées.

Éliane resta un instant immobile, puis, sur l'injonction de sa mère, « s'enleva de la lumière ». Elle semblait ne point appartenir à ce décor et se trouver là ainsi qu'une jeune femme chez une couturière. Et sans doute le sentait-elle, car, chaque fois qu'elle rentrait, ce n'était qu'après avoir erré une demi-heure dans l'appartement qu'elle se décidait enfin à ôter son chapeau, à poser son sac.

– Tu n'as pas besoin de moi ? demanda-t-elle à sa mère.

Celle-ci répondit « non » d'un mouvement de tête. Éliane la regarda encore un instant. On sentait qu'elle hésitait à aller se coucher ainsi, sans avoir échangé d'autres paroles. À la fin, elle dit, avec l'espoir que sa mère lui parlerait :

– Je vais faire dodo… un bon petit dodo…

– Bien, fit simplement Mme Gelly.

Éliane gagna sa chambre. Celle-ci n'avait rien d'un intérieur de jeune fille. Une immense armoire à glace cachait un mur tout entier. Et, pour éclairer les lourds meubles qui s'y trouvaient, une petite ampoule électrique sans abat-jour était fixée au plafond. Il y avait, pourtant, dans un coin, une table, couverte d'une jolie étoffe à fleurs, qu'Éliane avait arrangée avec amour. Sur cette table, appuyée au mur, se dressait une petite étagère laquée dont chaque rayon était bordé par une balustrade et dont le fond était tendu d'une étoffe froncée. Elle supportait des bibelots, quelques livres, des photographies. Sur la table, en face de la chaise, se trouvait un sous-main de cuir, puis, un peu plus loin, un plumier, un encrier, un vase au col si étroit qu'on ne pouvait y mettre qu'une fleur. La jeune fille était à peine depuis quelques minutes dans sa chambre, lorsque sa mère vint la retrouver.

– Tu devrais, tu sais, Éliane, te décider à continuer ta couture. Il ne faut compter sur personne. Si tu travailles bien, tu seras à l'abri pour toute ta vie.

Mme Gelly tenait son ouvrage à la main. Après avoir prononcé très calmement ces quelques mots, elle s'éloigna sans en dire davantage.

Restée seule, Éliane s'assit devant sa petite table et parut rêver. À cette heure, la fatigue tirait ses traits. Elle semblait n'avoir pas compris ce que sa mère venait de lui dire. Tout en paraissant réfléchir, elle resta ainsi un long moment immobile. Puis, tout à coup, elle eut un geste d'enfant pour frotter son bras droit qui s'était engourdi, un geste un peu sauvage qui laissait deviner qu'elle n'avait à présent qu'une préoccupation : celle de se débarrasser de cette douleur. Finalement, elle se leva. Tout doucement, comme si elle eût craint qu'on ne l'entendît, elle ouvrit la fenêtre. Après s'être penchée au dehors petit à petit, elle regarda la rue. Celle-ci était déserte. Alors elle s'accouda sur la barre d'appui et ne bougea plus. Un vent tour à tour tiède et froid lui caressait le visage. Des nuages illuminés par la lune volaient dans le ciel qui prenait des airs de paysage polaire. Soudain, elle eut froid. Elle tira les rideaux, fit quelques pas, s'allongea et, brusquement se mit à pleurer. Elle se sentait perdue au milieu du monde. Pas un être ne se tournait vers elle. Il lui semblait, dans son innocence de jeune fille, que même cet homme qui l'avait accompagnée n'aurait plus voulu la revoir, s'il avait su qu'elle vivait dans une telle chambre. Ses pleurs redoublèrent. Une heure du matin sonna. Elle se leva et retourna à la fenêtre. De l'autre côté de la rue, dans une maison neuve, un étage était éclairé. Une femme, vêtue d'une robe de soirée, allait et venait. Tout à coup, cette inconnue jeta un objet loin d'elle. Ce geste sans qu'elle eût su dire pourquoi, plongea Éliane dans une telle nervosité qu'elle quitta brusquement la fenêtre et se mit à trépigner de colère en se tordant les mains au point de les meurtrir.

– Maman ! cria-t-elle d'une voix perçante.

Puis, les doigts devant le bas de son visage, les yeux inquiets, elle écouta, craignant maintenant que sa mère ne l'eût entendue. Rien ne bougeait. Un tremblement l'agita des pieds à la tête.

– Maman ! cria-t-elle de nouveau.

Comme la première fois, elle attendit avec l'espoir que cet appel n'avait pas été perçu. Mais des pas se firent entendre. Alors, ainsi qu'une folle, elle se jeta sur son lit et éclata en sanglots.

– Mais qu'est-ce que tu as, Éliane ?

Mme Gelly s'était arrêtée sur le seuil de la porte. Apercevant sa fille le visage enfoui dans un oreiller, elle s'approcha et, sans se pencher, caressa l'épaule de son enfant.

– Allons, calme-toi… qu'est-ce que tu as donc encore aujourd'hui ? Je vais t'apporter un peu d'eau.

Sans se soucier davantage d'Éliane, Mme Gelly s'en fut chercher un verre, toujours avec calme, comme si ce qui venait de se passer était habituel.

La jeune fille, les oreilles bourdonnantes de ses propres sanglots, n'avait pas entendu sa mère partir. Peu à peu, elle s'apaisait.

– Maman ! appela-t-elle doucement, le visage toujours caché dans l'oreiller.

N'entendant pas de réponse, ses jambes, qui n'avaient cessé de remuer, s'immobilisèrent.

– Maman ! répéta-t-elle, au bout d'un instant, avec plus de force.

Finalement, elle s'imagina que sa mère ne voulait pas lui répondre. Durant quelques secondes, sa respiration s'arrêta, puis elle eut une nouvelle crise.

– Maman ! maman ! maman ! se remit-elle à crier de toutes ses forces.

Pourtant, lorsque Mme Gelly revint, elle trouva sa fille assise sur le lit, immobile, le visage grave, les cheveux défaits.

– Enfin, veux-tu me dire ce que tu as ? demanda-t-elle avec lassitude. Tu devrais être déshabillée, tu devrais être couchée, tu devrais dormir !

Éliane ne parut pas entendre. Sa mère approcha le verre des lèvres de la jeune fille. Elle les entr'ouvrit, mais ne but pas. Mme Gelly pencha un peu le verre. Et l'eau, après s'être répandue sur le menton de son enfant, coula sur sa poitrine.

– Tu ne veux pas boire ?

Éliane ne répondit pas. Une mèche lui cachait un œil. Elle regardait cependant fixement devant elle. Soudain, de la douceur et de la tristesse qui émanaient d'elle, jaillit une expression de colère.

– Je veux qu'on me laisse, je veux qu'on me laisse…

– Je te dis de dormir, répéta Mme Gelly. Je vais me coucher aussi.

La mère posa le verre d'eau, jeta un dernier regard sur sa fille et, doucement, comme elle était venue, gagna la porte. Mais avant de sortir de la chambre, elle s'arrêta, observa un instant l'enfant, puis tourna le commutateur. Immobile dans l'obscurité, elle écouta, cherchant à deviner ce que faisait sa fille. Au bout d'un instant, n'entendant rien, elle ralluma. Éliane était exactement dans la même position qu'avant.

– Tu ne veux donc pas t'allonger ? demanda Mme Gelly avant de disparaître dans le couloir.

Éliane, une fois seule, demeura un long moment sans remuer. Puis, son visage, comme le dos d'une bête revenant à la vie, s'anima. Les lèvres se séparèrent, les yeux fixèrent différents points. Elle se leva lentement, fit quelques pas. Elle était redevenue elle-même. Elle écarta la mèche qui la gênait et, comme si rien ne s'était passé, se rendit à la salle à manger. Elle mourait de faim. En mangeant une tartine, elle revint dans sa chambre. Deux heures du matin sonnèrent. Cela ne la frappa pas plus que si c'avait été deux heures de l'après-midi. Pourtant, à certains moments, ses yeux se fermaient et, quand elle les rouvrait, ils n'avaient plus, durant quelques secondes, la moindre expression. La tartine finie, elle alla se regarder dans une glace. Au même instant, ses paupières s'abaissèrent. Lorsqu'elle les releva, il lui sembla que tout ce qu'il y avait de coloré en elle, ses lèvres, ses prunelles, ses cheveux, était d'une teinte grisâtre. Elle avait déjà la respiration douce de quelqu'un qui dort. Pourtant, elle ne se décidait pas à se coucher. Elle se mit à marcher et, comme ses yeux s'étaient encore fermés, elle heurta un siège. Elle eut un sursaut, puis regarda la chaise avec étonnement. De toutes ses forces, elle luttait contre le sommeil. C'était un trait de son caractère de lutter sans raison contre les choses. Elle retourna devant la glace. Les paupières à demi baissées, elle vacillait et, de temps à autre, tendait une main pour s'appuyer. À la fin, tout tourna autour d'elle. Elle essaya encore de résister au sommeil et, se croyant toujours devant la glace, lissa machinalement ses cheveux. Mais elle n'en pouvait plus. À demi inconsciente, elle ôta sa robe, éteignit, fit quelques pas, se laissa tomber sur le lit et s'endormit au moment même où sa tête rencontra l'oreiller.

## CHAPITRE IV

Depuis le jour où il avait quitté Éliane, rue Rosa-Bonheur, Pierre Neuhart avait vécu dans une sorte d'ivresse. Sa vie passée lui semblait à présent odieuse et il s'étonnait de ne l'avoir pas remarqué plus tôt. Il se revoyait à côté des gens avec lesquels il entretenait quelques relations et il ne se reconnaissait plus. Les passants étaient tristes ; les souvenirs les plus doux le laissaient froid. À part Éliane, plus rien ne comptait. Il avait comme la sensation que plus personne ne s'occupait de lui, ne le voyait même, comme si le bonheur l'avait rendu transparent, léger, indifférent à l'humanité entière. Il y avait une distance nouvelle entre chaque être et lui. Ceux qui peinaient, il les apercevait dans le lointain, continuer à travailler sans lever la tête, simplement plus petits, car ce qu'il y avait d'extraordinaire dans son bonheur, c'était qu'il ne suscitait aucune envie. Sa joie était débordante. À la femme de ménage qui le servait, il raconta les histoires les plus bêtes, si bien que la vieille ménagère, stupéfaite, ne sut pas ce qui lui arrivait. Il y eut, pourtant, une anicroche. Simone en fut la cause. Son instinct féminin l'avait avertie de ce qui s'était passé. Aussi pour refroidir son patron, avait-elle dit simplement : « Ne riez donc pas tant ! On vous reverra dans trois mois. » Ces mots glacèrent Pierre Neuhart et s'il n'eût pas craint de se trahir davantage, il l'eût remerciée sur-le-champ. L'après-midi, pour écarter tout soupçon, il vint à son bureau à l'heure habituelle, en se contraignant à prendre un masque grave. Puis, à la première occasion, il glissa cette phrase : « J'étais de bonne humeur ce matin, mais vous aviez raison, cela ne dure pas ». Comme Simone répondit : « Vous voyez que je vous l'avais bien dit ! » il ressentit un profond soulagement, tellement il lui eût été intolérable de songer que l'on pouvait souhaiter que son bonheur ne durât pas. Le soir, il dîna dans un restaurant, puis se fit conduire dans un grand café des boulevards. Sentir la foule l'entourer lui était agréable. Il avait bu un peu plus qu'il n'était accoutumé de le faire. Quelquefois, son attention était distraite par un passant et, quand, de nouveau, l'image d'Éliane se présentait devant lui, une telle bouffée de bonheur l'envahissait qu'il eût été aussi heureux dans une rue déserte, sous la pluie, n'importe où, lui qui, jusqu'alors, avait toujours fui avant tant de soins les lieux désagréables, les quartiers sans communications, enfin tout ce qui dégageait de l'ennui. Il se gardait, pourtant, de songer au rendez-vous afin que l'appréhension qu'elle ne vînt pas, ne ternît point cette journée. Quelquefois, cependant, cette crainte se glissait en lui. Il avait alors l'impression que cela eût été tellement cruel de ne pas venir, tellement méchant, que le monde eût été unanime à trouver cela tellement bas et lâche, qu'il lui semblait impossible qu'une enfant aussi frêle pût encourir ainsi le mépris de tous. Les jolies femmes le laissaient indifférent et c'était comme une vengeance qu'il exerçait de les regarder sans les désirer. D'ailleurs, tout le laissait indifférent, les journaux, la politique à laquelle il s'intéressait en tant que partisan d'un dictateur. En rentrant le soir, il trouva un pneumatique de Simone. « M. Cillé a téléphoné, écrivait-elle avec mauvaise humeur, pour une commande. Il retéléphonera demain matin à neuf heures. Il m'a priée de vous prévenir. » C'était tout. « C'est la bonne passe ! » songea Pierre Neuhart. « Pourvu que cela dure ! » ajouta-t-il, afin d'obéir à un besoin, fréquent chez lui, d'opposer aux événements exceptionnels le langage de tous les jours.

Quand Éliane pénétra dans le salon de thé, il crut qu'il ne pourrait parler. Il lui semblait que sa langue était redevenue celle d'un enfant, qu'elle avait perdu le pouvoir de former des mots, qu'elle existait simplement comme ses doigts. Cela dura une seconde, pendant que ses yeux se portaient justement avec admiration sur la jeune fille. Elle avait un chapeau qui découvrait son front. Une main était dans la poche de son manteau. Elle tendit l'autre franchement, sans oser pourtant regarder Pierre Neuhart dans les yeux. Sa première parole fut pour dire qu'elle avait failli ne pas venir, ayant assisté, dans l'après-midi, à un concert qui s'était terminé beaucoup plus tard qu'elle ne l'avait pensé. Elle s'assit comme une visiteuse qui n'a que quelques minutes à accorder. Visiblement, elle était gênée. En parlant, elle regardait autour d'elle, mais, dès qu'elle faisait face à Pierre, elle baissait la tête. Brusquement, elle changea de place en disant : « J'aime mieux être là. » Elle était si nerveuse qu'elle fit tomber son sac. Comme Pierre Neuhart le ramassait, elle rougit jusqu'aux oreilles. L'âge et la gravité de son interlocuteur lui imposaient. La considération qu'il lui témoignait la mettait mal à l'aise. Il la traitait en femme alors qu'on la présentait encore aux messieurs, qu'elle se levait pour tendre la main. Cet homme devait lire sur son visage. Il devinait toutes ses pensées. C'était, sans doute, à cause de cette politesse qu'elle avait observée chez les gens âgés, qu'il était aimable. Mais si elle rougissait de ce rendez-vous, elle ne se souvenait pas d'avoir serré si fort, l'autre soir, la main de cet homme. Elle s'était, inconsciemment, libérée de sa nervosité sur celui même qui l'avait provoquée, et, parce qu'il y avait là une sorte d'obéissance à l'instinct, elle ne s'en était même pas aperçue.

– J'ai eu peur que vous ne veniez pas, dit Pierre Neuhart qui, avant de prononcer la moindre phrase, la tournait et retournait dans son esprit de crainte de blesser la jeune fille.

– Mais j'ai failli ne pas venir, répondit Éliane pour s'excuser d'être là. D'ailleurs, il faudra que je parte tout de suite.

Elle n'avait pas osé dire « il faut ». Il y avait ceci de touchant qu'elle craignait d'être impolie.

Dans les semaines qui suivirent, elle vint pourtant chaque fois aux rendez-vous que lui fixa Pierre Neuhart. Sa gêne disparaissait peu à peu. L'amour qu'il avait pour elle et qu'elle sentait à la douceur qu'il lui témoignait en lui parlant, à la lumière qui éclairait son visage quand elle arrivait, à son anxiété quand il espérait quelque réponse favorable, ne lui inspirait aucune frayeur parce qu'il demeurait caché et que jamais il ne se montrait autrement. Lentement, elle s'habituait à lui. Elle avait de plus en plus conscience de son pouvoir. De deviner qu'il suffisait qu'elle prononçât un seul mot pour que cet homme obéît, fit qu'elle ne tarda pas à se rendre vers lui comme auprès d'une amie. Elle lui racontait ce qu'elle faisait. Mais jamais elle ne lui parlait de sa mère. L'amour-propre l'empêchait d'avouer la vérité. Elle avait honte de sa situation de famille. Quand, parfois, Pierre Neuhart lui posait une question, elle mentait alors avec un calme effrayant, allant jusqu'à dire que sa mère avait été une grande actrice sous un nom de guerre qu'il connaissait certainement mais qu'elle ne voulait pas, pour de vagues raisons, lui dire, qu'avant de quitter la scène, ils avaient habité un hôtel particulier à Auteuil. Elle racontait alors sa jeunesse, donnait le nombre de ses gouvernantes, inventait des voyages. Pierre Neuhart écoutait tout cela avec ravissement. Il se sentait, à côté d'elle, rude et grossier, et son amour ne faisait que s'en accroître. Il aurait voulu, lui aussi, parler de musique et d'art, mais le champ des sujets qui lui étaient accessibles lui paraissait alors, par contraste, d'une médiocrité lamentable. Quand il était seul, il réfléchissait.

« Probablement qu'à présent leur situation de fortune a changé, pensait-il. Ils doivent avoir des valeurs d'avant-guerre. Le père est mort, la mère âgée. » Cela le remontait. Car il avait l'impression que seuls sa situation, son activité, son travail imposaient à Éliane. Comment eût-il pu en être autrement, puisqu'il n'était plus très jeune et que la guerre et les fabriques lui avaient donné une nature rustre ? De même qu'Éliane n'avait pu croire que c'était pour sa beauté qu'il s'était intéressé à elle, de même il ne lui venait pas à l'idée qu'il eût pu plaire par la délicatesse et par la profondeur de son amour, qualités qui, lui semblait-il, devaient se rencontrer partout.

Il la voyait de plus en plus souvent. Il lui apportait tantôt des fleurs, tantôt des boîtes de bonbons, tantôt encore de petits objets pour mettre dans son sac. Elle acceptait ces présents avec joie, mais, après un moment, comme si elle avait réfléchi, son visage s'embrunissait. Elle écartait d'elle les fleurs et les bonbons et semblait rêver. La première joie passée, les cadeaux faisaient sur elle une impression étrange. Les rubans, les papiers fins, les coussinets de satin sous les couvercles, les noms des commerçants écrits en lettres d'or, lui apparaissaient comme les bribes d'une fête dont elle soupçonnait l'existence. Tout cela était encore imprégné de la chaleur des magasins élégants. Cette richesse lui faisait peur, comme si elle eût eu le pressentiment que ce luxe était trop précieux pour se perdre sans autre raison que celle de lui faire plaisir. Elle regardait alors Pierre Neuhart avec méfiance, cherchant à deviner quel obscur piège il cherchait à lui tendre. Il ne comprenait pas, touchait ce qu'il avait apporté comme pour montrer qu'il n'y avait aucun danger. Le recul d'Éliane l'affligeait. Il le mettait sur le compte de l'éducation. On lui avait sans doute appris à ne jamais accepter quoi que ce fût d'un étranger. Il repoussait alors, tristement les cadeaux, les cachait dans ce même papier que la jeune fille avait défait avec tant de ravissement et changeait la conversation. Mais, le lendemain, c'était plus fort que lui, il achetait un autre présent. Il croyait alors qu'il s'y était mal pris pour le donner. Il arrivait les mains vides, puis, après un instant, il le tirait de sa poche et le posait, comme distraitement, devant la jeune fille. « C'est pour vous » disait-il, et vite il parlait d'autre chose. En partant, s'il l'avait tellement distraite qu'elle n'avait pas touché au petit paquet, il ne pouvait s'empêcher de dire sur un ton de reproche : « Alors, vous n'avez pas regardé ce que je vous ai apporté ? » sans se rendre compte qu'il avait justement tout fait pour qu'elle n'y touchât pas. Car, dans la vie rude qu'il avait menée, jamais il n'avait vu donner quoi que ce fût. Chaque chose se gagnait par la ruse ou par le travail. Aussi, le fait de donner lui semblait-il empreint d'une telle douceur, qu'il ne pouvait voir Éliane sans désirer lui offrir tout ce qu'il possédait. Et cela le plongeait dans une stupéfaction sans bornes qu'une telle générosité fût accueillie avec une telle méfiance.

En sortant du salon de thé, ils allaient souvent se promener sur les boulevards ou aux alentours de l'Opéra. Dehors, Pierre Neuhart se trouvait plus à l'aise. Il avait l'impression que les gens qui marchaient lui ressemblaient plus que ceux qui étaient assis, que le rang social qu'il occupait était plus élevé car, en croisant les passants, il reconnaissait des employés, des fonctionnaires, des ouvriers et rarement des hommes dont la situation lui paraissait plus importante que la sienne. Il devinait qu'au milieu de cette foule Éliane se trouvait plus attirée vers lui, qu'il la protégeait, qu'elle lui en était inconsciemment reconnaissante. Il lui parlait alors presque sans interruption, semblable ainsi à cet officier qui, au cours d'une visite du fort qu'il commandait, avait eu tant de choses à lui dire. Il lui expliquait les arrêtés préfectoraux concernant la circulation, le rôle des agents, jusqu'où allaient leurs droits, l'importance d'un magasin d'aspect quelconque, les raisons du prix élevé de la publicité et une foule de détails semblables. Lorsqu'un sujet avait intéressé la jeune fille, il ne l'oubliait pas. Le lendemain, il lui apportait d'autres précisions et, si elle était par trop curieuse, des preuves qu'il avait été chercher, lui-même, dans quelque bureau. Elle les examinait avec lui. Rien n'était plus agréable à Pierre Neuhart que d'intéresser la jeune fille et surtout que de l'étonner. Petit à petit, elle prenait goût à ces conversations et lui posait des questions dans le genre de celle-ci : « Qu'est-ce qu'une banque ? » Cette simple interrogation suffisait à le plonger dans l'affolement. Il prenait cela tellement à cœur qu'après avoir fait un exposé simple, il lui disait d'attendre au lendemain. En la quittant, il passait sa soirée à se renseigner, à prendre des notes, à éclaircir les explications, à remplacer les mots techniques, et, en revoyant Éliane, seulement si cela l'intéressait encore, il la renseignait, s'aidant de croquis, faisant des plans pour qu'elle comprît mieux. Quand il avait fini, elle le remerciait en riant gentiment. Il la contemplait alors avec admiration, portant ses yeux sans se lasser sur toutes les parties de son visage, cherchant quand même pour obéir à quelque obscur instinct, un défaut qu'il ne trouvait pas. Son regard allait aux oreilles, aux dents, aux narines, et, toujours, une perfection identique le frappait. Même le front était parfait. Les cheveux commençaient juste où ils devaient le faire. Parfois, en la regardant ainsi, il se rappelait comme elle lui avait pressé la main le premier soir qu'il l'avait accompagnée. Alors il ne pouvait croire que ce serrement avait existé tellement cette jeune fille semblait lointaine, tellement elle semblait incapable d'un geste pareil. Et, en réfléchissant, il trouvait que si elle lui avait ainsi serré la main, c'avait été parce qu'elle perdait l'équilibre ou plutôt parce que, voulant partir plus vite, elle s'était appuyée sur lui pour prendre son élan.

En dehors des regards, des attentions, des cadeaux, des reproches pour une minute de retard, il n'y avait rien qui signalât l'amour de Pierre Neuhart. Pourtant, Éliane devenait plus coquette. Elle qui, jusqu'à ces dernières semaines, n'avait pris aucun soin de sa toilette, elle commençait à observer les autres femmes, à vouloir qu'il y eût de l'harmonie entre la couleur de son chapeau et celle de sa robe. Elle se mettait de la poudre avec des gestes qui commençaient comme ceux de toutes les femmes, mais qu'elle ne pouvait s'empêcher de parodier sur la fin.

Pierre Neuhart lui avait appris l'écarté et, souvent, il lui demandait de jouer l'heure du rendez-vous du lendemain. S'il gagnait, c'était lui qui le fixait ; si elle gagnait, c'était elle. Mais si, victorieux, il lui proposait de dîner ensemble, toujours elle refusait. Pourtant, un soir, elle lui demanda :

– Pourquoi voulez-vous dîner avec moi ?

– Parce qu'après nous pourrions aller au théâtre ou au music-hall. Elle répondit :

– Je préfère le music-hall.

Pendant la représentation, il se passa un incident qui plongea Pierre Neuhart dans une gêne indescriptible. Au milieu de la deuxième partie du spectacle, un chanteur comique entra en scène. Après avoir exécuté quelques pitreries, il commença à débiter des obscénités, mais avec un air tellement candide que la salle entière riait aux larmes. Il accompagnait, en outre, ses histoires de gestes d'une vulgarité dont l'exemple le moindre était d'enlever un de ses souliers, de l'approcher de son visage et de le jeter avec dégoût. Pierre Neuhart était en nage. Il n'osait se tourner vers Éliane. Il comprenait qu'elle devinait son trouble parce qu'avant il lui avait continuellement parlé à voix basse et qu'à présent il se taisait. Avec anxiété, il guettait les gestes du comique. À chaque nouvelle grossièreté, il espérait de toutes ses forces que c'était la dernière, mais une autre ne manquait pas de suivre aussitôt. À un moment, il risqua un regard vers Éliane. Comme lui, elle était rouge. Mais ce qu'il y avait d'extraordinaire, c'était son expression. Sa tête était légèrement penchée en avant, comme si elle n'eût pas voulu qu'on sût qu'elle regardait, ses yeux, grands ouverts, mais la bouche, elle, serrée d'une manière inhabituelle, c'est-à-dire que ce n'était plus la lèvre du haut qui avançait le plus, mais celle du bas. Ainsi jointes, comme si elle n'en eussent formé qu'une, les deux lèvres remuaient par moment très vite. Lorsque le rideau tomba, sans que l'expression qu'elle avait eue en regardant l'acteur eût disparu, elle leva deux yeux étonnés et tristes vers Pierre, des yeux semblables à ceux des enfants qui ne pleurent pas quand on les bat, puis, brusquement, cacha son visage contre son épaule.

Le dimanche qui suivit, elle accepta de venir chez lui, afin de lui apprendre à danser et de faire jouer le gramophone. On était dans les premiers jours de décembre. Le temps était brumeux et froid. Lassé de traîner dans les thés et les cafés, Pierre Neuhart avait supplié Éliane de passer l'après-midi de ce dimanche chez lui. Tant d'arguments s'étaient pressés sur ses lèvres, qu'elle avait fini par céder. À peine entrée dans le salon, elle s'assit tout de suite sans ôter sa fourrure, et, en regardant la pointe de ses pieds, dit :

– Faites jouer votre « phono ».

Pierre Neuhart obéit. Mais elle n'écouta pas, jetant de temps en temps un regard furtif autour d'elle.

– Ce disque ne vous plaît pas ? Demanda-t-il.

– Si, si, il me plaît. Remettez-le encore une fois.

À la fin, pourtant, elle consentit à enlever sa fourrure. Aussitôt après, elle se leva, fit quelques pas. Comme, sans y penser, il s'était approché d'elle pour lui montrer un disque, elle se rassit brusquement. Quelques minutes après, elle se leva de nouveau, alla à la fenêtre, regarda les arbres du boulevard que l'on apercevait à peine dans le brouillard.

– Voulez-vous que je vous fasse visiter cet appartement ? lui demanda Pierre Neuhart.

– Mais je le connais !

– Non, il y a une autre pièce ici, venez.

Il ouvrit la porte de la salle à manger. Elle s'approcha, regarda avec curiosité les meubles de citronnier, puis, revenant dans le salon, s'arrêta auprès d'un petit secrétaire. Lentement, tout en regardant Pierre dans les yeux, elle leva le pupitre.

– Je peux fouiller ? Interrogea-t-elle.

Puis, sans attendre la réponse, elle le referma et s'éloigna. Pierre Neuhart qui, à son tour, avait ouvert le meuble l'appela :

– Tenez, venez voir. Il n'y a rien de bien extraordinaire.

– Oh ! non, non, je disais cela comme cela ! Vous pouvez avoir ce que vous voulez.

À ce moment, la vieille servante apporta le thé. Éliane l'examina longuement. Elle avait un air de plus en plus étrange. On eût dit qu'avertie d'une machination elle attendait qu'on se trahît. Tout l'intriguait. Mais c'était sans hâte qu'elle passait d'une chose à l'autre.

– Cela vous a peut-être fait de la peine que je vous aie invitée ici ? demanda Pierre qui redoutait maintenant d'avoir blessé la jeune fille en la conduisant chez lui.

Éliane se mit à rire.

– Non, pourquoi ? Au contraire, vous êtes très gentil… mais je ne sais pas…

Pierre la regarda. Il la trouvait plus calme, moins enfant.

– Vous voulez que nous partions ?

– Nous partirons tout à l'heure.

Elle s'assit sur un divan. Craignant de l'importuner de ses questions, il remit le phonographe en marche. Alors, pour la première fois, elle parut écouter avec intérêt. À mesure que le disque tournait, Pierre Neuhart remarqua que l'attention d'Éliane croissait. Elle semblait avoir complètement oublié où elle était. Tout à coup, il eut peur. Cette attention qui se manifestait par un frémissement de la lèvre supérieure, par un tremblement des mains, par les yeux grands ouverts, il venait de lui apparaître que ce n'était pas la musique qui la suscitait. Un instant après, le gramophone s'arrêta, mais Éliane sembla toujours l'écouter.

– Qu'avez-vous ? demanda-t-il anxieux. Au même instant, elle sourit.

– Mais rien. J'écoutais la musique.

La nuit tombait déjà. Au milieu de l'ombre qui gagnait la pièce, on apercevait, de ci de là, quelques objets brillants.

– Je voudrais que vous allumiez, fit Éliane.

Il tourna le commutateur, puis revint auprès du gramophone. Lui qui, d'ordinaire, parlait tout le temps, il se taisait. On eût dit qu'il pressentait que dans un instant il serait abandonné. S'il avait osé, il eût demandé à Éliane de partir, d'aller avec elle se promener sur les boulevards où il lui parlerait, où tout serait oublié. Mais elle semblait si tranquille sur le divan, si calme.

– Vous vous ennuyez peut-être ici ? dit-il au bout d'un instant.

Elle ne répondit pas. Il s'approcha d'elle, mais s'arrêta à quelques pas.

– Vous avez quelque chose ? Qu'est-ce que vous désirez ? Dites-le-moi. Je le ferai chercher.

Il se sentait une envie de pleurer qu'il réprimait de toute sa volonté. Elle leva les yeux, les baissa, les releva encore. Elle était pâle et, pourtant, une sueur fine couvrait son front, brillait légèrement sur ses épaules. Son visage était tiré comme si elle venait de passer une nuit blanche. Elle serra ses bras contre son corps. Brusquement, elle eut quelques gestes qui n'avaient aucune raison d'être. Elle posa une main sur sa poitrine, l'ôta, cacha, durant une seconde, sa bouche, toucha ses cheveux et, brusquement, éclata en sanglots. Il s'assit à côté d'elle, affolé, la serra doucement dans ses bras. Elle sanglotait en imprimant à son buste un balancement. De temps en temps, elle gémissait. Soudain, elle se laissa aller. Sa tête tomba en arrière. Ses yeux, ses lèvres s'entr'ouvrirent. Pierre Neuhart la pressait contre lui, essayait de la réconforter. Il voyait le visage d'Éliane ruisselant de larmes, mais détendu, tout près du sien. Elle ne se défendait plus quand il la serrait plus fort ; elle s'abandonnait. À cette seconde, devant tant de faiblesse, il sentit quelle force et quelle volonté elle avait eues jusqu'à ce jour. Elle avait refermé les yeux. Il la porta alors sur son lit, retendit, la couvrit et, s'asseyant à côté d'elle, lui prit une main. Elle semblait apaisée. Elle ne pleurait plus. Sa respiration se faisait de plus en plus régulière. Lorsque ses paupières se levèrent, elle promena autour d'elle un regard indifférent, puis, à la vue de Pierre à son chevet, elle détourna lentement la tête mais laissa sa main dans la sienne

## CHAPITRE V

Quelques jours après cette scène, Éliane quitta sa mère à la suite d'une querelle qu'elle avait cherchée, rompit avec toutes ses relations et, emportant tout ce qu'elle possédait dans une valise, vint partager la demeure de Pierre Neuhart. Alors, commença pour ce dernier la période de loin la plus heureuse de sa vie. Éliane qu'il aimait tant vivait donc près de lui ! Il ne pouvait le croire. Quand elle était sortie, il regardait, sans les toucher, les objets appartenant à la jeune fille. L'appartement lui semblait tout autre. Il y avait des fleurs partout. Les pièces étaient animées. On eût dit que les meubles rendaient service, que les portes des armoires s'ouvraient cent fois par jour, que tout riait, parlait, attendait le retour d'Éliane. Au commencement, elle avait voulu, tellement elle s'était sentie mal à l'aise quand elle ne faisait rien, mettre de l'ordre dans cet appartement, le transformer. Pierre dormait encore qu'elle se levait. Sans bruit, elle se rendait dans les autres pièces et commençait le ménage. Mais, en réalité, elle ne faisait rien. Cent fois, peut-être, elle frottait le même meuble et, comme ces ouvriers qui n'osent s'arrêter un instant de peur que justement on ne les surprenne, elle ne s'interrompait pas une seconde. Son esprit était ailleurs. Et lorsque, enfin, elle passait à une autre occupation, elle tremblait que dans l'intervalle l'industriel ne parût. On eût dit qu'elle voulait justifier sa raison d'être, qu'elle voulait oublier dans le travail où elle se trouvait, prouver qu'elle était plus là pour se rendre utile que pour appartenir à un homme. Quand il s'éveillait, la première pensée de Pierre Neuhart allait à Éliane. En s'apercevant qu'elle n'était plus auprès de lui, il l'appelait. Elle se montrait alors sur le seuil de la porte, couverte d'un tablier, les cheveux dépeignés, une étoffe à la main. « Encore ! disait-il, mais tu es folle ! La bonne fera tout. » Elle ne répondait pas et prenait un visage d'enfant en faute. « Viens te recoucher, Éliane. Tu vas tomber malade. » Elle faisait non de la tête, mais ne s'éloignait pas. Enfin, elle s'asseyait dans un fauteuil. Elle avait cet air qu'ont toutes les femmes quand elles interrompent leur travail. En la regardant, on avait l'impression qu'une pièce luisait de propreté, mais qu'à côté il y en avait une en désordre, qu'il eût fallu, malgré l'abandon peint sur ses traits, qu'elle se relevât pour éteindre quelque flamme. Parfois, pourtant, elle se recouchait. Elle s'adossait alors contre un oreiller et avait cette attitude charmante de se mouler dans les couvertures qu'elle ramenait sous ses hanches. Pierre ne voulait plus alors qu'elle se levât. Comme la bonne ne descendait qu'à huit heures, il préparait le petit déjeuner, le lui apportait, puis s'habillait à la hâte, allait chercher des journaux et des magazines de mode. À midi, quand il rentrait, il la trouvait quelquefois encore couchée, soit en train de lire, soit complètement étendue sans oreiller ni traversin. De se replonger dans l'intimité de la nuit après avoir traversé une ville au travail depuis des heures, lui donnait comme le sentiment de mener une vie exceptionnelle qui s'associait très bien avec celui qu'il avait continuellement d'être le seul homme heureux. Il n'avait de tranquillité qu'il ne devinât ses moindres désirs. Mais ses prévisions étaient souvent alourdies par des erreurs. Ainsi, il s'imaginait souvent, à une parole qu'elle avait prononcée la veille, qu'elle brûlait de posséder quelque objet. Il le lui apportait et, surprise, elle lui demandait pourquoi il avait acheté cela. « Ah ! je croyais que cela te ferait plaisir », disait-il pour cacher son dépit et il parlait d'autre chose. Quand il avait projeté de la conduire à la campagne et qu'elle refusait, car quoi qu'il lui offrît ou lui proposât, elle commençait toujours par refuser, il éprouvait une sorte de satisfaction à céder. La joie qu'il avait eue à l'idée de partir avec la jeune fille, il ne voulait plus la reconnaître comme s'il avait honte d'avoir pu se tromper sur Éliane. Dans la journée, lorsqu'il était séparé d'elle, il suffisait que son attention se portât sur quelque chose pour qu'immédiatement l'image d'Éliane revînt devant ses yeux et qu'il eût un remords de se distraire sans elle. Il s'ensuivait parfois des déplacements ridicules. Avait-il vu, par exemple, en rendant visite à quelque client de banlieue, un paysage qui l'avait frappé, qu'il voulait absolument y conduire Éliane. Et, invariablement, lorsqu'elle acceptait de venir, elle était déçue ou elle ne comprenait ce qui avait pu motiver un tel voyage. Plusieurs fois par semaine, il prenait ses dispositions pour n'avoir pas à se rendre, l'après-midi, à son bureau. Ils allaient ensemble se promener dans le quartier de l'Opéra, s'asseyaient à la terrasse d'un café des boulevards, passaient souvent deux heures dans un cinéma. Il ne se lassait pas de la regarder et, dans l'obscurité de la salle, de se pencher vers elle, absolument indifférent aux épisodes de l'écran qu'elle suivait avec une telle attention qu'elle ne prenait même pas le temps de le repousser. Il profitait de la bousculade de la sortie pour la serrer contre lui, pour embrasser ses mains. Des jeunes gens qu'il ne remarquait pas, mais qu'elle apercevait, se moquaient de lui. Elle s'éloignait, à peine dehors, de lui. Il en demeurait gêné, comme si son amour se trouvait tout à coup privé d'objet. Il se rapprochait d'elle aussitôt, lui demandait s'il ne l'avait pas fâchée, lui posait mille questions sur les raisons de ce recul, s'excusait et recommençait à lui prendre les mains, la taille qu'il lâchait tout de suite de peur qu'elle ne lui fît une observation. Un après-midi, il ne put s'empêcher de l'embrasser sur les lèvres en pleine rue. Elle rougit et, les yeux brillants de colère, lui dit :

– C'est fini, je ne sortirai plus avec vous.

Car elle le tutoyait et lui disait vous tour à tour. Il devint, lui aussi, cramoisi, et l'air humble qu'il eut alors pour l'implorer ne fit qu'accroître la colère de la jeune fille.

– Vous êtes complètement ridicule et vous me ridiculisez avec vous, ajouta-t-elle. Pierre Neuhart était sur le point de pleurer. Il lui semblait que, derrière lui, des passants s'étaient arrêtés. Il dit alors :

– C'est vrai, vous avez raison. Je vous jure que je ne recommencerai plus.

Car aussi profondément blessé qu'il eût été, il se chargeait de tous les torts. Elle avait toujours raison, même quand elle l'accusait d'être trop prévenant, quand elle lui trouvait un air vieux, quand elle lui disait avec un étonnement sous lequel perçait la méchanceté : « Mais pourquoi portez-vous toujours sur vous un attirail de clefs, de canif ? » Alors qu'il proposait toujours de retourner au salon de thé où ils s'étaient rencontrés les premières fois, de faire les mêmes promenades qu'ils avaient faites quand il la connaissait à peine, elle refusait invariablement. « Mais qu'est-ce que vous voulez faire là-bas ? Il vaut mieux voir du nouveau, aller dans des endroits que l'on ne connaît pas. » Il voulait simplement revivre les premières heures de son bonheur pour opposer à leur incertitude la réalité du présent. Cela, Éliane le devinait et c'était justement ce qui lui était intolérable. À peine avait-il fait quelques pas à côté d'elle, qu'il lui demandait si elle était fatiguée. Se plaignait-elle du moindre mal, de la moindre migraine, qu'il lui parlait de courir chez le médecin. Alors qu'au début elle avait cherché à lui montrer ses connaissances artistiques, à dépeindre sa famille sous un jour favorable, elle taisait à présent tout ce qui la concernait. La fausse attention de Pierre l'avait tout de suite lassée. Pourtant, comme dans le but d'exercer une vengeance, il lui arrivait parfois de vouloir éblouir Pierre Neuhart par le récit des frasques de sa mère. Elles étaient, chaque fois, de plus en plus nombreuses et étonnantes. Ainsi, espérait-elle, le visage de Pierre Neuhart allait prendre une autre expression que celle, étonnée et respectueuse, qu'il avait ordinairement. Mais toujours c'était en vain et elle se repliait sur elle-même comme si elle eût été méconnue.

Un après-midi, il conduisit Éliane à son bureau de la place Saint-Sulpice.

Il y avait longtemps qu'elle le lui avait demandé, mais, dans la crainte de la décevoir, il avait jusqu'à présent différé cette visite. En pénétrant dans la pièce unique où Simone, en fumant une cigarette, tapait une lettre à la machine, la jeune fille s'arrêta surprise et ne put s'empêcher de dire :

– Ah ! c'est cela votre bureau !

– Je n'ai pas besoin qu'il soit plus grand, répondit-il avec embarras.

Elle le trouvait à peine différent de ces pièces de la rue Rosa-Bonheur qu'elle avait eu tant en horreur. Juste à ce moment, la sonnerie du téléphone retentit. C'était un client mécontent. On entendait, dans tout le bureau, une voix venant de loin qui criait : « Votre livraison n'a été remise en gare que samedi soir. Je vous en avais pourtant signalé l'extrême urgence. En outre, au moment d'en prendre livraison, l'un de mes chefs de service s'est aperçu qu'elle n'était pas du tout conforme, mais pas du tout, à ce que je vous avais demandé. Je tiens donc à vous dire que je suis dans la pénible nécessité de vous la refuser et je laisse les wagons en gare à votre disposition. Par votre négligence, je suis obligé d'interrompre mes travaux, ce qui me cause un préjudice énorme et me contraint à faire toutes mes réserves quant à la suite à donner. »

Pierre Neuhart balbutiait de vagues excuses. La présence d'Éliane, à un tel moment, lui ôtait toute idée. Il n'osait, comme il l'eut fait si elle n'avait pas été là, se prosterner devant le client. Simone devait trouver cet instant délicieux. Il souffrait d'être ainsi traité devant la jeune fille. Mais, tout à coup, il se ressaisit. « Puisque vous le prenez sur ce ton, monsieur, je tiens à vous dire qu'il sera inutile de vous adresser à moi dans l'avenir. » Et il raccrocha. Mais Éliane n'avait pas été étonnée par cette conversation. Celle-ci lui semblait aller avec le décor. Alors qu'elle s'était attendue à se voir entourée d'employés, à aller d'une pièce à l'autre en maîtresse, elle avait chu là. Elle regarda, durant un instant, Pierre ainsi qu'un étranger, puis dit ce seul mot : « Partons ».

Une semaine s'écoula avant que cette visite fût oubliée. Elle avait cependant ouvert les yeux de Pierre Neuhart. Alors que jusqu'à ce jour, l'amour avait seul occupé son esprit, une ambition démesurée commença à le torturer. Sans qu'il en eût été question entre eux, il rêvait à présent d'acquérir une fortune qui lui permît de satisfaire les désirs d'Éliane. À mesure que le temps passait, elle devenait d'ailleurs de plus en plus dépensière. Elle achetait des robes qui, le lendemain, ne lui plaisaient plus. Elle les donnait alors. Une inconséquence extraordinaire faisait que, parfois, elle revenait avec des achats extravagants, le même phonographe que celui que Pierre possédait déjà, les mêmes disques, quatre encriers de cristal, un pour chaque pièce. Il faisait semblant de trouver cela tout naturel et, quand elle lui disait avec le secret espoir, semblait-il, de le contrarier : « Les abat-jour ne vont pas. Je les ai donnés à la concierge », il l'approuvait, s'approchait d'elle et l'embrassait. Car tout lui était prétexte pour prendre un baiser. Le désir continuel qu'il en avait lui ôtait tout raisonnement, pour le laisser inquiet et tourmenté si elle le lui refusait, heureux et inconscient si elle acceptait. Quand elle mentait, il en avait vaguement l'intuition, mais au lieu de le glacer, cela le plongeait au contraire dans une sorte de ravissement. Il aimait ses ruses, ses caprices, ses sautes d'humeur, comme une mère s'extasie en découvrant chez son enfant les premiers signes de l'instinct de la conservation, de la fierté, de la cruauté. Cela lui rendait Éliane plus riche, plus de chair que toutes celles qu'il avait connues. Quand, tout à coup, elle s'enfermait dans un mutisme incompréhensible, en même temps qu'il en souffrait, il sentait le désir qu'il avait d'elle, l'amour qu'il lui portait, croître encore. Elle avait beau le repousser continuellement, il pouvait demeurer des heures à son côté sans parler, sans la regarder si elle le lui défendait, heureux seulement de la sentir près de lui. Déplaçait-elle alors un objet, qu'il tressaillait de joie à ce seul signe de vie. Mais le plus curieux était que jamais il ne lui venait à l'esprit qu'elle ne l'aimait pas. Il ne lui demandait pas plus qu'à un oiseau. Elle était pour lui une bête délicieuse lui appartenant, à qui il fallait plaire afin de ne pas l'effaroucher, une bête qu'il fallait surveiller pour qu'elle ne se sauvât pas. Et un projet, qu'il ne s'avouait pas, qui l'eût rendu plus heureux encore s'il avait pu le réaliser, s'élevait des profondeurs de son cœur pour retomber aussitôt. C'était d'enfermer Éliane quand il sortait. Car, lorsqu'il se trouvait à son bureau, il souffrait de la savoir libre. La peur qu'il ne la reverrait jamais le hantait jusqu'à ce qu'il rentrât. C'était avec des battements de cœur, avec une émotion insensée, qu'il se rendait aux rendez-vous tellement il craignait de la perdre. Mais en même temps que couvaient en lui ce besoin de tyrannie, cette jalousie qu'il cachait, mais qu'un rien éveillait, il éprouvait une joie infinie à être comme l'esclave d'Éliane. Quand elle le commandait, plus elle était dure, plus l'admiration qu'il lui vouait était grande. La journée terminée, il oubliait ses soucis, ses affaires et, le lendemain, quand il fallait y repenser, il lui semblait qu'une année s'était écoulée. Bien qu'elle ne vît personne, elle était toujours avertie des achats les plus chers, des modes les plus coûteuses, et, toujours, elle les désirait. Il acquiesçait à toutes les demandes mais avec l'anxiété qu'elle n'eût un jour un caprice qu'il ne pourrait satisfaire, car ce qu'il redoutait le plus, c'était qu'elle connût ses limites, devinant qu'alors ce serait encore plus grave que le jour où elle était venue à son bureau et qu'il ne serait plus, à ses yeux, qu'un homme semblable aux autres.

Le soir, en sortant de son bureau, il la retrouvait parfois dans un café voisin de la gare Montparnasse ou, entourée de paquets, elle l'attendait toujours depuis longtemps, en lisant un journal de mode. Souvent, sa première pensée était de montrer une gravure du magazine qui lui avait plu. « Regarde comme c'est joli ! » disait-elle. Elle feuilletait ensuite la publication et lui demandait de deviner ce qu'elle projetait d'acheter. Il se trompait toujours. Elle lui montrait la robe qui lui plaisait et, le prenant par le bras, posant sa tête contre son épaule, lui demandait : « Est-ce que tu me feras faire une robe pareille ? » Il répondait oui. Mais, le lendemain, elle oubliait cette robe pour un chapeau. Elle lui faisait faire le même serment. Cela durait jusqu'au jour où elle s'apercevait qu'il ne lui avait rien acheté. Il la retrouvait alors en pleurs, l'accusant d'être avare et, sur-le-champ, il courait faire l'acquisition d'un bijou qu'il lui rapportait le plus vite qu'il pouvait.

D'autres fois, elle était rêveuse quand il arrivait. La vie auprès de lui semblait la lasser. Les aspirations qu'elle avait eues lorsqu'elle avait vécu avec sa mère lui revenaient à l'esprit. Elle rêvait de théâtre, de danses, de musique, d'être entourée d'hommes jeunes et beaux qui l'adoreraient, de passer de l'un à l'autre sans appartenir à aucun, de pays lointains et ensoleillés, et, quand Pierre, par sa présence, la ramenait à la réalité, elle se sentait comme déchue. En la voyant ainsi, triste et perdue, il était inquiet. Il la suppliait de lui dire ce qu'elle avait. Elle répondait qu'elle avait rencontré une jolie dame accompagnée de trois hommes élégants, que cette jolie dame était certainement une princesse, que l'automobile qu'elle conduisait devait partir pour l'Italie. Puis elle ajoutait :

– Oh ! je ne désire rien. Je n'ai envie de rien.

Pierre Neuhart souffrait alors profondément. Il lui promettait de partir aussi pour l'Italie aux grandes vacances. Il voulait l'embrasser mais elle le repoussait en disant :

– Non. Sois gentil. Pas maintenant.

– Mais dis-moi, Éliane, tout ce que tu désires, dis-moi quelque chose de précis.

Elle ne disait rien et demandait à rentrer. Mais à peine à la maison, tout semblait lui faire horreur.

– Sortons, sortons, je ne veux pas rester ici ! Avant qu'il eût eu le temps de la consoler, elle se mettait à pleurer.

– Mais pourquoi pleures-tu ? T'ai-je fait de la peine ?

– Non, je ne sais pas. Je veux sortir.

– Mais c'est toi qui as voulu rentrer !

Elle ne répondait pas. Il s'asseyait à côté d'elle, lui promettait de la rendre la plus heureuse des femmes.

– Plus heureuse que maintenant ? demandait-elle entre deux sanglots.

– Mais oui. Tu seras admirée par le monde entier. Je fais tout pour toi, et tu n'es pas heureuse.

Tout à coup elle l'entourait de ses bras, l'embrassait sur le front.

– Est-ce vrai ? interrogeait-elle finalement.

– Oui, mon petit enfant. Je te jure que tu auras tout.

Alors seulement elle retrouvait sa lucidité.

Peu à peu, Éliane devenait de plus en plus irritable. Pour un rien elle se fâchait. Elle ne voulait pas qu'il rentrât avant l'heure qu'elle lui fixait. Après le dîner, elle lui disait parfois brusquement : « Sors, laisse-moi seule et ne rentre pas avant minuit. Tu n'as qu'à avoir des amis, tu n'as qu'à avoir des amis comme tous les messieurs. » Il obéissait sans la moindre protestation, mais pris de soupçons, il ne s'éloignait pas de l'immeuble qu'il habitait. De crainte qu'elle ne l'eût chassé pour sortir à son tour, il faisait les cent pas, guettait les automobiles qui s'arrêtaient. Seulement lorsque minuit sonnait, il rentrait. Il trouvait Éliane endormie et toutes les lumières de l'appartement allumées. Il s'apprêtait alors pour la nuit avec un soin infini afin de ne pas tirer la jeune fille de son sommeil, et, doucement, se couchait à côté d'elle. Toujours à ce moment, elle s'éveillait en sursaut. « C'est toi ? » demandait-elle avec crainte. Puis elle se rendormait presque aussitôt en murmurant ces seuls mots : « J'avais peur toute seule ».

D'autres fois, elle lui faisait des reproches. Elle l'accusait de l'avoir fait quitter sa mère qui l'adorait, chez qui elle était si heureuse, pour la faire souffrir. « J'aurais pu me marier avec un homme jeune que j'aurais aimé », lui dit-elle un jour. Pierre Neuhart ne broncha pas. Mais bien qu'il ne demandât à la jeune que de consentir à être à lui et de se laisser aimer, il eut, pour la première fois, conscience qu'il pouvait la perdre autrement que pour une des raisons vagues qui s'étaient jusqu'alors présentées à lui. « Qu'est-ce que je vais devenir maintenant ? » ajouta-t-elle. Il ne répondait toujours pas. Éliane venait de lui apprendre que tout ce qu'il avait fait pour lui plaire était inutile, qu'elle le haïssait alors qu'il se fût donné la mort pour elle. Il se souvint de la détresse morale dans laquelle il avait vécu avant la guerre, des souffrances qu'il avait endurées après, des efforts qu'il avait faits pour devenir un homme droit, de sa solitude, de ses aspirations. Tout cela, elle l'ignorait.

Tout cela, elle ne voulait même pas le connaître. Et son amour pour cette enfant revint à sa mémoire. Il lui sacrifiait tout. Son bonheur, son seul bonheur était qu'elle fût heureuse. Et elle n'avait pas la moindre reconnaissance. Quelques larmes coulèrent de ses yeux sans même qu'il s'en aperçût. Alors, une scène extraordinaire se déroula. À la vue du visage de Pierre, Éliane recula et la haine qu'elle lui vouait par moments et qui ne perçait que dans ses paroles se lut alors nettement sur ses traits. « Comment, dit-elle, vous pleurez ! » Cela lui paraissait absolument incompréhensible. Une sorte de répulsion s'était emparée d'elle et, brusquement, elle se sauva dans une chambre voisine. Pierre Neuhart, resté seul, s'approcha d'une glace. À la vue des quelques larmes parsemées sur ses joues, son visage s'éclaira comme si, à présent, Éliane était excusable. Il tira un mouchoir, se frotta les yeux, puis alla demander pardon à la jeune fille.

Un autre jour, mais en souriant comme si elle avait dit quelque chose d'aimable, elle lui affirma qu'il avait beaucoup changé depuis qu'elle le connaissait.

– Tu étais mal élevé avant. Tu ne savais même pas qu'on laisse son couvert dans son assiette lorsqu'on a fini. Tu avais l'air intelligent avec ton couteau qui ressemblait à une passerelle pour monter sur l'assiette.

Pour la première fois, Pierre Neuhart fut profondément froissé. Il eut la force de se contenir. Mais il dut se faire violence pour ne pas la blesser à son tour. Avec sa soumission habituelle, il répondit :

– Je sais bien, ma petite enfant. Mais dès que tu m'en as fait l'observation, tu as vu que j'ai changé. Pourquoi me le rappeler ?

– Je ne te le rappelle pas. Ce sont des souvenirs.

– Moi aussi je pourrais te rappeler certaines petites choses.

Éliane pâlit. Elle regarda Pierre comme pour le défier de les lui rappeler. Il comprit que s'il avait seulement osé parler, elle serait entrée dans une colère folle. Comme toujours, il battit en retraite.

– Mais je dis cela pour rire. Il ne faut pas te fâcher pour des petites choses comme cela.

Malgré cette retraite, la jeune fille conserva un visage sévère. Elle ne lui pardonnait pas d'avoir seulement fait allusion à la possibilité qu'il avait de la froisser et, le reste de la journée, bien qu'il eût fait tout ce qu'il pouvait pour l'égayer, elle ne prononça pas un seul mot. En rentrant un soir, il trouva des fleurs sur la table. Éliane avais mis sa plus jolie robe. Elle était redevenue la jeune fille qu'il avait connue, et il lui parut qu'elle avait ce même respect que jadis pour lui. Avant qu'il se fût débarrassé de sa serviette, elle vint à lui et l'embrassa. Pierre en était tellement heureux qu'il ne songea même pas à chercher les raisons de cette attitude imprévue. À un moment, se le demandant malgré lui, il crut qu'après avoir réfléchi longuement, elle avait eu un remords et qu'elle voulait à présent se faire pardonner la méchanceté qu'elle lui avait témoignée depuis plusieurs semaines. Elle avait fait venir une langouste de la ville. À chaque instant, elle lui adressait la parole. Il ne put s'empêcher de lui faire remarquer qu'elle était gentille quand elle le voulait bien.

– Mais, je le suis toujours, répondit-elle.

À la fin du dîner, elle vint s'asseoir à côté de lui et, amoureusement, lui demanda de la serrer dans ses bras. C'était un soir d'avril ; les fenêtres étaient ouvertes ; bien que l'air fût encore frais, il avait une odeur d'herbe et de feuille.

– Éteignons, dit-elle.

Pierre avait tout oublié, le ralentissement des affaires, le souci des traites, et il s'abandonnait au plus grand bonheur qu'il pût y avoir pour lui. Soudain, il sentit qu'Éliane tremblait.

– Tu as quelque chose ?

– J'ai peut-être froid, répondit-elle. Il se leva pour fermer les fenêtres. Comme il allait se rasseoir à côté d'elle, elle lui dit :

– Je préfère que tu refasses la lumière.

Il obéit. En revenant près d'elle il fut frappé par le changement subit qui se manifestait en elle. Elle était redevenue celle de tous les jours et semblait regretter d'avoir fait tous ces préparatifs.

– Mais qu'est-ce que tu as maintenant ? Tu étais si gentille il y a seulement une minute.

– Je n'ai absolument rien. J'ai eu froid, c'est tout.

– Es-tu bien seulement, maintenant ? lui demanda-t-il avec une inquiétude subite.

– Très bien.

– Il s'assit sur le divan près d'elle. Mais au lieu de se pencher comme avant sur son épaule, elle se tint toute droite. Il voulut lui prendre une main, mais à peine l'eut-il gardée quelques secondes qu'elle la retira, non pas d'un coup, mais lentement, si bien que les mains de Pierre se déplacèrent avec la sienne et que ce ne fut que quand cette dernière fut trop loin qu'elles la lâchèrent. Éliane était de plus en plus nerveuse.

– Pourquoi te donner tant de peine pour organiser cette petite fête ? Je suis sûr que c'est cela qui t'a fatiguée.

Sans la consulter, il se leva, et, du vestibule, appela la bonne pour lui demander de préparer une tisane.

– Mais je ne veux, rien, rien, rien… fit Éliane avec encore plus de nervosité.

– Mais alors mon petit enfant ? Tu ne peux pas rester comme cela. Veux-tu t'étendre ?

– Non, non et non.., répondit-elle.

Pierre Neuhart s'approcha d'elle. Il voulait la prendre doucement dans ses bras et la porter dans la chambre à coucher. Mais les yeux de la jeune fille s'agrandirent. Il eut l'impression qu'il lui faisait horreur. Il s'arrêta.

– Allez vous promener. Vous reviendez dans une heure ou deux.

– Mais je ne peux pas te laisser comme cela ! Tu n'es pas bien. Tu as certainement quelque chose.

Alors, ainsi que cela lui arrivait presque tous les jours, Éliane se mit à pleurer. Elle se leva et, cachant son visage, se rendit dans la chambre à coucher. Il la suivit. L'entendant, à travers ses larmes, s'approcher d'elle, ses pleurs redoublèrent.

– Mais qu'est-ce que tu as, ma petite enfant, à pleurer ainsi tout le temps ? Es-tu tellement malheureuse ? Ne vois-tu pas que je fais tout, tout, pour te faire plaisir.

– Moi aussi... je... fais... tout..., balbutia Éliane tout en continuant de pleurer. Tu... ne remarques... pas... ma gentillesse... Par exemple... quand je... veux quelque chose de... trop beau je ne le dis pas... je le cache... je n'ai personne... je suis toute seule parce que... tu ne m'aimes pas... vraiment.

Pierre Neuhart était bouleversé. Ces révélations le plongeaient dans une stupéfaction profonde. Tout à coup, comme au moment où un ami vous signale un défaut que l'on ne croyait pas avoir, il se regarda une seconde, avec la même lucidité que s'il était sorti de lui-même. « Je ne devine pas ce qu'elle désire ? Elle me cache qu'elle est malheureuse ! » pensa-t-il. Il tombait des nues et, en même temps, le sentiment de plus en plus précis qu'elle avait raison se faisait un chemin en lui.

Il la serra contre lui. Elle pleurait toujours.

– Mais qu'est-ce que tu veux dire, demanda-t-il, par quelque chose de trop beau ? Tu sais bien que tout ce que tu veux, je te le donne. Jamais je ne t'ai rien refusé. Mais comprends donc, ma petite enfant, je ne peux pas toujours deviner ce qui te fait plaisir. Tu n'as qu'à me le dire.

Ce que lui avait reproché Éliane l'avait tellement frappé qu'il lui parlait comme si elle n'eût pas été en train de pleurer.

– Mais je ne peux pas... vous le dire... Vous ne voudriez pas... poursuivit la jeune fille entre ses sanglots.

Pierre Neuhart eut une appréhension. Les échéances qu'il avait à régler dans quelques jours lui revinrent à la mémoire. « Il faut que je sache », pensa-t-il. « L'argent, je le trouverai toujours. »

– Écoute, Éliane. Dis-moi franchement ce qui te ferait plaisir.

La jeune fille, alors, leva la tête. La bouche entr'ouverte, elle regarda Pierre Neuhart, le visage animé de crispations nerveuses. Elle serra son cou entre ses doigts.

– Je voudrais un collier.

Elle regarda Pierre avec douceur.

– Cela me ferait tellement plaisir ! Tu me le donneras, n'est-ce pas ? Je serais contente, contente, contente, si contente si j'avais un beau collier de perles.

Puis, comme si elle eût soudain repris vie, elle se leva d'un bond, courut dans la chambre à coucher, revint un instant après avec une petite boîte soigneusement enveloppée qu'elle tendit à Pierre Neuhart.

– C'est un souvenir d'Éliane, dit-elle en riant de tout son cœur.

Elle ne tenait plus en place. On eût dit qu'elle venait de se décharger d'une effroyable corvée. Pierre Neuhart ouvrit le paquet. Il contenait une montre-bracelet. Cette attention le toucha tellement qu'il ne sut que balbutier des mots sans suite. Éliane le regardait avec des yeux candides et malicieux à la fois, comme ceux d'un enfant au moment où une farce va réussir.

Le lendemain, par l'intermédiaire d'une société de vente de fonds industriels et commerciaux, il cédait l'exploitation d'une de ses carrières et se faisait avancer sur-le-champ, à un taux usuraire d'ailleurs, une somme de cent mille francs.

## CHAPITRE VI

À la suite de cette scène, Éliane changea durant une quinzaine de jours de caractère. Elle ne se tenait plus de joie de posséder un si beau collier. Le soir, avant de s'endormir, elle l'embrassait, prenait pour lui les mêmes soins que pour une poupée. Mais cet attachement ne fut qu'une sorte d'engouement. Bientôt, elle parla moins et redevint bizarre. Un soir, comme Pierre Neuhart voulut l'embrasser, elle le repoussa.

— Je n'aime pas, dit-elle, que tu m'embrasses dès que tu arrives. On dirait que je t'appartiens et que j'ai à me soumettre dès que tu es là.

Avant de vivre avec Pierre, c'était déjà une chose qui lui avait déplu, qu'elle lût sur son visage comme une entente entre eux deux. Il ne dit rien mais il comprit que le bonheur de ces derniers jours n'avait été qu'une accalmie et que, quoi qu'il fît, Éliane resterait la même.

— Cela t'est si désagréable ? demanda-t-il à la fin.

— Naturellement ! Une femme a horreur de ces choses-là. Il sourit.

— Mais tu n'es pas une femme. Tu es ma petite enfant.

Quelques paroles qu'il prononçât, Éliane y découvrait une fatuité qui lui était intolérable.

– Vous perdez la tête, mon pauvre ami !

Le ton que prenait Éliane faisait plus de peine à Pierre Neuhart que celui de la colère. Il était calme et réfléchi. On eût presque dit celui d'une mère à qui quelque jeune homme ferait une déclaration enflammée. Mais plus il sentait qu'elle s'éloignait de lui, plus son amour se faisait intense. La jalousie qu'il avait cachée, il commençait à la montrer, ce qui indisposait de plus en plus la jeune fille. Quand elle rentrait après lui, il la dévisageait, l'examinait des pieds à la tête, lui demandait ce qu'elle avait fait, mais on eût dit que c'était par acquit de conscience qu'il agissait ainsi, tellement Éliane s'en souciait peu. Avait-il l'imprudence d'insister un peu qu'elle se fâchait. Alors, on assistait au spectacle inattendu de cet homme qui avait paru décidé à garder par la force ce qu'il ne savait conserver par le cœur, suivant la jeune fille d'une pièce à l'autre, lui demandant pardon, l'implorant, la suppliant de se laisser aimer.

Le soir donc où Éliane s'était plainte de son assiduité, il résolut de changer complètement. « Je vais faire semblant, pensa-t-il, de moins tenir à elle. Je ne lui parlerai que lorsqu'elle paraîtra disposée à m'écouter. Elle croira que je me détache d'elle et, peut-être, sera-t-elle alors plus gentille. » Cette décision avait l'attrait de la nouveauté. « Dès maintenant, je commence. » Éliane venait justement de lui dire de nouveau : « Je m'aperçois que vous perdez cette fois complètement la tête ». Il ne répondit pas et ne put s'empêcher de la regarder tristement. Puis, avec le plus de naturel que sa peine lui permettait, il se rendit dans la salle à manger, s'assit et fit semblant de s'intéresser à la lecture d'un journal du soir. Cette nouvelle attitude parut surprendre Éliane. Un instant elle regarda avec étonnement la porte qu'avait prise Pierre Neuhart. On devinait qu'il y avait lutte en elle-même entre deux sentiments contraires. Finalement, elle se rendit à son tour dans la salle à manger.

– Quand je vous disais que vous perdiez la tête !

Il leva les yeux, sourit comme à une parole inconsidérée et se replongea dans son journal.

– Ah ! vous voulez agir ainsi ! fit Éliane de plus en plus nerveuse. Eh bien ! allez faire cela dehors. Et vous ne rentrerez pas avant minuit, vous m'entendez ?

Pierre Neuhart se leva, certain qu'il valait mieux partir en simulant l'indifférence qu'après une longue discussion au cours de laquelle finalement il céderait.

Lorsqu'il fut dehors, l'attitude d'Éliane lui apparut plus étrange qu'au premier abord. Il eut comme l'intuition qu'elle avait cherché, dès son arrivée, à se débarrasser de lui par tous les moyens. Elle avait commencé par lui faire une scène sous le prétexte qu'il l'embrassait dès qu'il la voyait au lieu d'attendre qu'elle fût disposée. Ensuite, elle s'était fâchée parce qu'il ne s'occupait plus d'elle. « Il lui fallait une raison à tout prix », songea-t-il, parce qu'il était de mauvaise humeur, mais sans qu'au fond il crût qu'elle voulait mal faire. Pourtant, un peu par habitude aussi, il ne s'éloigna pas de l'immeuble qu'il habitait. La nuit était magnifique. L'air était doux. Les myriades d'étoiles, semées dans l'immensité, semblaient à une hauteur vertigineuse. Entendant un train électrique, il alla le regarder passer dans la fosse qui sépare les boulevards Nord et Sud. En se retournant, il fut pris d'un tremblement. Les lumières de son appartement étaient éteintes. Il regarda la porte d'entrée. Il sentit son cœur battre, ses paumes devenir moites. Soudain, elle s'ouvrit et Éliane parut. Il eut alors l'impression que des voiles se déchiraient, découvrant, à travers les lambeaux qui flottaient, semblables à la bave de certains insectes, tout ce qu'il réprouvait, tout ce qu'il craignait, tout ce qui lui était hostile et, au milieu de cela, ce qui lui était le plus cher au monde. Il fit quelques pas. Éliane marchait vite. Il la suivit. Il la voyait devant lui, tantôt dans l'ombre, tantôt en pleine lumière, semblant à peine toucher le sol. Tout ce qu'il lui avait vu faire sans lui, porter un verre à ses lèvres, se coiffer, traversa son esprit.

Elle marchait sans lui et il lui apparaissait qu'en même temps, sans qu'il la vît, elle devait parfois toucher le revers de son manteau ainsi qu'elle en avait l'habitude, avoir pour elle seule ces mêmes gestes qu'il aimait tant. Bientôt, elle prit la rue de Rome. Il se souvint d'avoir expliqué à la jeune fille que cette rue, suspendue au-dessus des voies de la gare Saint-Lazare, était un modèle d'audace. Certainement elle ne se le rappelait plus. Une odeur de fumée emplissait la rue toute blanche. En suivant ainsi Éliane, Pierre Neuhart ressentait une impression à la fois pénible et étrange. Il lui semblait que cette femme qu'il aimait, qu'il embrassait, qu'il serrait dans ses bras, d'être tout à coup indépendante devant lui, le préparait ainsi à une séparation prochaine. C'était comme si déjà ils ne se fussent plus connus. Chacun suivait son chemin. Ils ne pourraient plus se parler. Ces pensées le rendaient si malheureux qu'il devait se faire violence pour ne pas courir à elle, pour continuer à la suivre ainsi à son insu. Il n'avait pas conscience de la laideur de cette filature, mais il souffrait d'en être arrivé là. Il la voyait toujours devant lui, marchant vite, ne se retournant jamais. Par instants, il lui semblait qu'il ne la suivait pas et, comme si elle se fût trouvée sur sa route par hasard, il avait envie de la rattraper pour lui demander où elle allait, ce qu'elle faisait ainsi le soir, dehors. Cette impression était si forte qu'il oubliait réellement ce qui s'était passé et qu'il s'imaginait, durant quelques secondes, qu'elle lui avait demandé la permission de faire une course. À d'autres moments, à force de fixer son regard sur l'ombre qui le précédait, il lui venait à l'idée que ce n'était pas Éliane, qu'elle dormait bien sagement pendant que lui, comme un halluciné, suivait une passante quelconque. Mais lorsque toutes ces pensées s'étaient enchevêtrées, toutes ces impressions, confondues, la réalité surgissait tout à coup. Éliane était là, toute seule, le soir, dans la rue, après avoir joué la comédie. Il était là, également, derrière elle, sans qu'elle le sût. Hier, à la même heure, ils étaient couchés l'un à côté de l'autre et ils lisaient. À présent, il la suivait. Il croisait des passants qui, quelques instants auparavant, avaient dévisagé Éliane sans se douter qu'elle appartenait à cet homme qu'ils rencontraient peu après. Il avait alors l'impression de cacher à ces inconnus une chose éclatante qu'ils devinaient d'ailleurs, ce qui le gênait horriblement. Ses yeux ne pouvaient se détacher d'elle. Il craignait qu'elle ne disparût dans une maison, sans qu'il la vît entrer, dans une maison où un amant allait la prendre cependant que lui, comme un fou, la chercherait partout avec cette hâte d'un homme pliant bagage devant le feu. Pourtant, il n'osait se rapprocher davantage car, outre qu'il craignît d'être vu, il lui était pénible de reconnaître les vêtements qu'elle portait, les chaussures qu'il lui mettait « parce qu'elle n'avait pas de force dans les mains » et que son cou-de-pied était tellement cambré. En arrivant près de la gare Saint-Lazare, elle s'arrêta avant de traverser la rue. À une horloge lumineuse, il était près de neuf heures. Finalement elle continua sa route, puis, après avoir passé devant l'Hôtel Terminus, elle s'engagea dans la rue d'Amsterdam. Des hommes se retournaient à son passage, mais elle marchait si vite que personne ne la suivait, et chaque fois que Pierre Neuhart remarquait qu'un passant reprenait sa route après s'être arrêté hésitant, il éprouvait une courte sensation de joie. Soudain, il la vit s'arrêter devant un petit bar-restaurant dont l'intérieur était caché par des rideaux rouges. Un chasseur qui pouvait avoir douze ans salua Éliane, poussa pour elle le tambour, puis revint se poster dehors, à côté d'une vitrine soigneusement astiquée dans laquelle étaient exposés des ananas.

Cette fois, Pierre Neuhart sentit ses forces l'abandonner. Durant un instant, il eut comme l'impression qu'il titubait sur un sol semé d'excavations, que ce n'était que parce qu'un seul de ses pieds rencontrait le vide qu'il ne tombait pas. Jusque-là, il avait, malgré tout, espéré qu'elle était sortie pour se délasser, qu'elle allait, d'un moment à l'autre, rentrer. Mais à présent il n'y avait plus de doute possible. Tout ce qu'il avait fait pour elle, et non seulement cela, mais tout ce qu'il s'était senti capable de faire, se présenta à son esprit. En regardant les rideaux rouges du bar, il entrevoyait toute une foule de choses dissimulées, des rendez-vous dans des garçonnières, des lettres adressées poste restante, enfin tout le mystère des autres vies, de celle de cette passante, de celle encore de cette fille assise à cette terrasse, tout à coup transporté à côté de lui. Il se fit l'effet d'un imbécile d'avoir côtoyé chaque jour tant de trahison sans même s'en être douté. Le même dégoût qu'il avait pour le corps d'autrui, pour la chair que l'on ne voyait pas, il lui semblait qu'il commençait à l'avoir pour Éliane. Mais il se raidit : « J'en ai vu d'autres », balbutia-t-il machinalement. Il s'approcha du bar. La tête lui tournait presque réellement, puisqu'il avait conscience, par moment, de voir derrière lui. Tout se mouvait. Seule demeurait immobile devant lui la façade rouge du bar. Malgré le vacarme de la gare toute proche, des automobiles, il n'entendait rien. Des fragments de souvenirs, des images confuses, des sensations de tous les moments de la vie, se mêlaient dans son esprit et cela, ajouté à la peur, à l'émotion, à l'amour qu'il avait pour Éliane, finissait par lui donner le vertige. « Toujours la même chose, pensa-t-il. Toujours la même chose. » Il ne savait pas nettement à quoi il faisait allusion. Il se trouvait devant la porte. Au-dessus du rideau, il apercevait la tête du patron assis, sans doute, à la caisse. Cet homme ne savait pas qu'on le regardait et ses yeux, tournés vers la salle semblèrent à Pierre posés sur Éliane. Il n'en pouvait plus. Tout à coup, il eut un profond dégoût pour lui-même. Le nombre infini des êtres vivants le découragea. « Imbécile, tu n'es qu'une fourmi malheureuse, tu n'es rien. Souffre encore plus, comme cela tu seras encore moins. » Une sorte de rage naissait en lui. Il n'osait pourtant entrer dans le bar. Il essaya de regarder à l'intérieur, mais les rideaux, soigneusement tirés, ne laissaient aucun jour. La colère le prit à l'endroit du patron : « Quel malin, celui-là ! Il sait bien ce qu'il faut faire pour gagner de l'argent. Permettre à sa clientèle de s'embrasser tranquillement. » Il traversa la rue, revint devant la porte. Soudain elle s'ouvrit, livrant passage à deux femmes. Il ne bougea pas, ayant l'espoir de voir la salle, mais un paravent, fait de lames articulées, la masquait. Sa fureur redoubla, comme si on l'eût empêché de force d'entrer dans ce bar. Il recula. Il venait de s'apercevoir qu'il était libre et qu'il ne tenait qu'à lui d'y pénétrer. « Ça, n'est pas mal ! » dit-il avec étonnement. Mais durant le temps qu'il s'était débattu avec ses réflexions, il n'avait pas songé à Éliane. Elle venait de lui apparaître, non point comme il l'avait vue en la suivant, mais assise et souriante derrière ce rideau. Un homme devait être à côté d'elle. Pierre Neuhart fit quelques pas, poussa le tambour. Il vit des nappes blanches, des fruits, cinq ou six couples et, tout de suite, il aperçut Éliane. Un jeune homme la tenait par les épaules tout en picotant, de sa main libre, une grappe de raisins. Quant à Éliane, elle n'avait pas dîné avec cet inconnu. Elle s'était contentée de prendre une liqueur. Elle regardait son voisin en lui parlant.

La plus horrible blessure eût laissé, à ce moment, Pierre Neuhart insensible. Ses yeux ne pouvaient se détacher du couple. Cette femme qu'il aimait à côté de cet homme qu'il ne connaissait même pas, tous deux unis tendrement, cela lui semblait incroyable. Devant ces deux êtres qui ne l'avaient pas vu, qui demeuraient impassibles, il se sentit une seconde sur le point de tomber. Tout à coup, Éliane l'aperçut, au moment où, après avoir souri à son voisin, elle s'était détournée. Son visage s'immobilisa alors si brusquement que le sourire qu'elle avait eu demeura sur ses lèvres. Insensiblement ses yeux s'agrandirent. Sans baisser les paupières, elle ôta machinalement la main que le jeune homme avait posée sur son épaule, puis, au lieu de la lâcher, elle la garda sans le savoir entre ses doigts crispés. Petit à petit, la terreur gagnait ses traits. Pierre Neuhart, durant un instant, ne comprit pas qu'il pût inspirer une telle peur. Il eut l'impression qu'elle avait vécu à côté de lui sans le connaître. Un garçon s'approcha de lui : « Non, je ne dîne pas. Je cherche quelqu'un. » Il ne se rendait plus compte de la force de sa voix et craignit que la salle entière ne l'eût entendu. Il fit un pas, puis deux, s'efforçant de paraître calme. Arrivé près du paravent de l'entrée, il se retourna, regarda Éliane. Elle ne l'avait pas quitté des yeux. Son compagnon lui parlait. Elle ne l'écoutait pas. Pierre Neuhart, presque sans le vouloir, lui fit signe de le rejoindre. Alors seulement elle baissa la tête. Il n'en pouvait plus. Comme un fou, il gagna la rue, attendit un instant avec l'espoir qu'Éliane allait le rejoindre. Mais ce fut en vain.

À peine arrivé chez lui, Pierre Neuhart ne put se contenir davantage. Il se laissa tomber sur un divan et se mit à sangloter. De temps à autre, il s'interrompait pour écouter les bruits de la rue. Tout ce qui l'entourait gardait le même aspect qu'avant. Les objets, pareils à des enfants, semblaient désirer que tout redevînt normal, incapables qu'ils étaient de participer à cette scène autrement que par leur présence. À la fin, Pierre Neuhart se ressaisit. Il regarda l'heure. « Elle va certainement rentrer dans un instant. Elle n'a pas voulu me rejoindre trop vite pour me montrer qu'elle ne voit rien de mal dans ce qu'elle a fait. » Il se mit à marcher de long en large. Il avait beau monologuer avec détachement, il souffrait horriblement. Finalement il s'assit, mais pour quelques minutes seulement. Il ne pouvait rester immobile et dès qu'il commençait le moindre geste, la moindre occupation, il était oppressé. Souvent, il s'inspirait à lui-même un profond dégoût. Cette fois, ce penchant prit des proportions inaccoutumées. « Je suis laid, je suis vieux, je n'ai pas de fortune, je n'ai rien. Tout ce qui est arrivé, je le mérite », pensa-t-il. Il s'assit encore, puis se leva d'un bond. Il venait de percevoir le léger ronflement que faisait la minuterie de l'escalier, une fois mise en mouvement. « C'est elle ! » balbutia-t-il. Une pensée ridicule traversa alors son esprit. « Elle vient avec son amant. Ils vont m'avouer tous les deux qu'ils s'aiment. Ils me supplieront de ne pas les séparer. Elle se traînera à mes pieds. Il pleurera. Et il faudra que je cède. » À ce moment Éliane parut dans le salon. Une lenteur qui surprit Pierre Neuhart se dégageait d'elle. Elle marchait à pas comptés. Quand elle changeait son sac de main, c'était comme si cela n'avait pas été nécessaire. On eût dit qu'elle ne savait comment employer son temps et, lorsqu'elle s'arrêta, elle continua d'émaner la même lassitude. « Que vais-je dire ? Que dois-je faire ? » se demanda-t-il durant un court instant. Il était désorienté. Pas une fois, il ne lui était venu à l'esprit de prendre quelque attitude théâtrale. Il était privé de toute volonté. Éliane, sans prononcer un mot, s'était avancée dans le salon. Elle n'osait le dévisager. De temps en temps, elle glissait pourtant vers lui un regard craintif. À la fin, Pierre Neuhart s'approcha d'elle et, brusquement, lui dit :

– Éliane, ma petite enfant, où as-tu la tête ?

En réalité, il ne savait pas ce qu'il venait de dire. Tout à coup, il s'éloigna, s'approcha d'une fenêtre, ouvrit une porte, la referma. Il était en nage. Parfois, il portait une main à son front humide, puis, sans songer à la sécher, restait ainsi, la paume mouillée.

– Éliane, répéta-t-il, pourquoi as-tu fait cela ?

Tout dans son attitude disait le désir qu'il avait de rester ferme. Mais il avait beau tendre à cela, il tremblait de nervosité, se retenait de pleurer.

– Viens près de moi, Éliane.

Elle obéit, mais quand elle ne fut plus qu'à quelques pas de lui, il se souvint tout à coup de ce qui s'était passé et, brutalement, la repoussa. La jeune fille, d'ordinaire si sensible à la moindre de ses paroles, au moindre de ses gestes, recula sans prononcer un mot. Il la regarda alors étonné, puis avec des gestes mécaniques, se dirigea de nouveau vers elle. Elle le voyait approcher avec terreur, sans faire un mouvement. Lorsqu'il fut à son côté, avant qu'elle eût eu le temps d'esquisser un geste de défense, il la prit par la taille et la serra de toutes ses forces contre lui. Éliane, alors, poussa un cri, puis dit :

– J'étouffe… j'étouffe…

Il la lâcha. Ses yeux étaient humides de larmes. Sentant qu'il ne pouvait se retenir davantage de pleurer, il alla, en courant presque, dans une autre chambre. Mais de se trouver brusquement seul le ranima. Quand il revint dans le salon, Éliane n'y était plus. Il courut à la porte d'entrée et, à son aspect, sentit qu'elle n'avait pas été ouverte. Il se rendit alors dans sa chambre : elle était vide également.

– Éliane ! cria-t-il. Personne ne répondit.

– Éliane ! Éliane !

Il était comme fou. Dans tous les recoins de l'appartement, il se mit à la chercher. Comme il voulut pénétrer dans la salle de bains, la serrure résista.

– Ouvre Éliane !

Il entendit alors, à travers la porte, une voix faible.

– Oui… oui… j'ouvre.

Un instant après, elle se rendait dans la chambre à coucher. Il l'y suivit, mais ne put contenir davantage sa douleur. Les mains tendues en avant ainsi qu'un aveugle, il se dirigea vers le lit et, de tout son poids, sans la moindre gêne d'être aussi lourd, se laissa tomber sur le lit. Éliane le regarda avec répulsion. Déjà, lorsqu'il était maître de lui, il lui inspirait de l'aversion. La violence de son amour, sa force, ses prévenances, enfin tout l'être âgé et puissant, l'avait irritée. À présent, devant l'ampleur de cette douleur, devant tout ce qu'elle entraînait de cris, de sanglots masculins, de violence intérieure, son dégoût ne faisait que s'accroître. Il était trop bruyant, il parlait trop d'amour, il aimait trop à s'approcher, tout le temps, sous n'importe quel prétexte. Son chagrin était à l'image de son amour. Comme ce dernier, il était laid, brutal, abondant.

Soudain, Pierre Neuhart se releva et, prenant Éliane par une main, l'attira contre lui. À ce geste dont la brusquerie lui répugnait, elle n'opposa pourtant aucune défense. Il lui prit alors la tête et, la maintenant, obligea Éliane à le regarder dans les yeux.

– Qu'est-ce que tu as fait ? demanda-t-il. Elle ne répondit pas.

– Mais parle donc ! qu'est-ce que tu as fait ? Tu n'as pas honte…, tu n'as pas honte…

Elle se mit à pleurer. Brusquement, il la repoussa. Bien qu'il l'eût fait légèrement, elle tituba, comme pour augmenter la violence de ce geste, fit quelques pas et se laissa tomber dans un fauteuil.

– Tu vas appartenir à tout le monde. Tu vas finir par devenir une petite femme… Tu m'entends… une petite grue comme on en rencontre partout.

La nuit passa ainsi, sans que l'un et l'autre parlassent avec plus de clarté. De temps en temps, ils restaient de longues minutes sans échanger une parole. Puis des gémissements se faisaient entendre, tantôt poussés par Éliane, tantôt par Pierre. Quelquefois, semblant subitement sortir d'un rêve, il lui posait une question à laquelle elle ne répondait pas, ou bien, s'approchant d'elle, il essayait de l'embrasser de force. S'il y réussissait, il s'écartait d'elle ensuite avec dégoût.

L'aube vint enfin éclairer l'appartement. Tous deux ne s'étaient pas couchés. La première lueur du jour les surprit, l'un étendu sur le lit tout habillé, agité par moments de soubresauts, l'autre, les yeux rougis par les pleurs, les mains crispées aux bras d'un fauteuil.

Bientôt, Pierre Neuhart se leva. Cette nuit l'avait terrassé. Il se sentait vieilli. Il fit quelques pas, regarda Éliane toute petite dans son fauteuil et, en passant près d'elle, lui caressa machinalement les cheveux.

– Il va falloir que tu partes, maintenant. Cela sera beaucoup plus sage. Nous ne pourrions plus vivre ensemble.

Le visage d'Éliane, à ces mots, sortit de l'ombre et Pierre Neuhart aperçut deux yeux brillants qui l'imploraient. Il n'eut pas la force d'insister et se rendit dans la salle de bains. La lumière du jour gagnait à présent les pièces entières. Il faisait froid et, par moments, Éliane grelottait.

Pierre Neuhart semblait très calme. Soigneusement, il fit sa toilette, puis changea de costume. Quand il revint dans la chambre à coucher, le désordre que l'obscurité lui avait caché lui apparut.

– Éliane ! Appela-t-il.

Elle leva la tête. Bien qu'elle n'eût pas dormi, qu'elle n'eût encore procédé à aucune toilette, il remarqua que son visage était frais et jeune. À ce détail, il sentit combien il était vieux à côté d'elle, combien, surpris comme elle, il eût paru usé.

– Éliane, répéta-t-il, je te demande de me faire un grand plaisir. Après ce que tu as fait, tu ne peux pas me le refuser. Je te demande de partir de toi-même, sans que j'aie besoin de te le redire… C'est bien fini, ma pauvre petite enfant. Je ne te reverrai plus et tu es heureuse et tu ne souffriras pas. Tu es libre à présent. N'est-ce-pas ? Je sais que tu es contente et que tu ne garderas même pas un bon souvenir de moi, de moi qui t'ai aimée plus que tout.

Éliane se remit à pleurer, mais, pour la première fois, sans cacher son visage. Il la regardait encore avec amour. « Elle appartiendra au plus offrant qu'elle trompera comme elle m'a trompé ! » pensa-t-il. Mais devant la détresse de cette enfant, il eut honte de sa réflexion. Elle lui semblait plus belle encore qu'avant, mais il y avait déjà quelque chose, sur son visage, qui la rendait semblable à une image entrevue un instant. Ce n'était plus Éliane. Il s'assit à côté d'elle. Elle allait le quitter pour toujours. Qu'allait-elle devenir ? Elle apprendrait, aux côtés des autres femmes, à se défendre. Toute sa fraîcheur disparaîtrait et, dans quelques années, que serait-elle ? Une femme habile ! Elle était pourtant encore là, devant lui. Il ne put s'empêcher de caresser son bras. Elle poussa alors un cri strident, se leva d'un bond :

– Je m'en vais… je m'en vais… Vous êtes un lâche, balbutia-t-elle.

Il voulut la retenir par une main, mais elle se dégagea avec une brusquerie telle qu'il sentit, plus encore qu'au moment où il l'avait vue au côté d'un jeune homme, que tout était fini.

## CHAPITRE VII

Au cours de la semaine qui suivit le départ d'Éliane, Pierre Neuhart ne se rendit pas une seule fois à son bureau. Le souvenir de la jeune fille ne quittait pas son esprit. La nuit, quand il s'éveillait, il cherchait Éliane à tâtons, puis une sensation de solitude, comme jamais il n'en avait connue, l'empoignait. Il lui apparaissait, à présent, qu'il avait agi avec dureté, qu'il n'eût pas dû abandonner ainsi cette enfant sans défense. La pensée de se rendre rue Rosa-Bonheur, auprès de Mme Gelly, lui venait souvent. Mais il ne pouvait se décider à tenter cette démarche. Éliane avait affirmé tant et tant de fois qu'elle préférerait mourir que de retourner auprès de sa mère après ce qu'elle avait fait, qu'il appréhendait que celle-ci ne lui fît une scène terrible. Mais ce qui l'affectait le plus, c'était d'ignorer où se trouvait Éliane. Il éprouvait le besoin impérieux de la revoir, de lui parler. Presque chaque soir, il se rendait rue d'Amsterdam avec l'espoir qu'elle retournerait au bar-restaurant, mais toujours en vain. Lorsqu'il rentrait chez lui, après avoir erré des heures, il demeurait un instant comme stupéfait. L'appartement désert lui faisait horreur d'être encore empli de la présence de celle qu'il avait aimée. Partout, il trouvait des traces de la jeune fille. On eût dit qu'elle l'habitait toujours et que ce n'était que pour un instant qu'elle était sortie. Il se mettait alors à pleurer doucement. Sa douleur avait été telle, en surprenant Éliane en compagnie d'un jeune homme, qu'à présent il ne réagissait plus. Les larmes lui venaient, semblait-il, sans raison. Il arrivait qu'il ne pouvait les retenir dans la rue, dans un café. Elles coulaient alors de ses yeux aussi naturellement que si elles eussent été causées par le froid. Il ne se cachait même plus le visage. Et s'il remarquait qu'on le regardait, il feignait d'ignorer qu'il pleurait et portait son attention sur un passant quelconque, comme si ce n'était pas la souffrance qui provoquait ses larmes, mais un grain de poussière sous sa paupière. Chaque matin, il quittait plus tôt sa demeure. Chaque soir, il y rentrait plus tard. Il avait remercié la bonne. Tous les gens qui avaient connu Éliane, il ne pouvait plus les supporter. Ainsi, lorsqu'il rencontra un certain Gounod, qu'il avait présenté à la jeune fille, lui tourna-t-il brusquement le dos alors qu'il se trouvait à trois pas de lui, sans même songer que par cette attitude il s'aliénait à jamais ce camarade. Mais sa douleur, depuis qu'il vivait seul, n'était plus aussi bruyante, bien qu'elle eût plus de raison de l'être, que lorsque la jeune fille la faisait naître par de simples accès de mauvaise humeur. Après un mois, on eût dit, à l'observer, que des années s'étaient écoulées depuis son infortune mais qu'il ne s'en n'était pas remis. Il ne parlait presque plus, ne se rendait que rarement à son bureau. Il avait congédié son employée. Il assumait seul le courrier.

L'idée de vendre son entreprise l'avait déjà effleuré plusieurs fois. « Il vaut mieux que je quitte Paris, que je parte loin, très loin. » Les semaines s'écoulaient sans que le moindre changement s'opérât en lui. Au contraire, il devenait de plus en plus taciturne. Rien ne l'intéressait ni ne le distrayait. Quand il s'éveillait, au lieu de se réjouir à l'idée de recommencer une nouvelle journée, il s'efforçait de se rendormir. Il somnolait alors jusqu'à midi et le moindre bruit le mettait en colère. Le dégoût que lui inspirait son entreprise ne faisait que s'accroître. Il la chargeait de son malheur. C'était à cause d'elle qu'il n'avait pas eu de chance. Au milieu de ces commerçants, il s'était alourdi.

Sa vie s'écoulait ainsi, éclairée par le seul espoir de rencontrer un jour Éliane. Il ne savait pas ce qu'il lui dirait, ce qu'il ferait, mais il voulait la revoir. Peu à peu, pourtant, une ligne de conduite commença à se préciser dans son esprit : acquérir une grande fortune pour exercer une sorte de vengeance lorsqu'il rencontrerait la jeune fille. Elle regretterait ce qu'elle avait fait. Le soir, quand il était couché, il imaginait cette rencontre pour laquelle, désormais, il allait vivre. Il se voyait descendre d'une automobile et, au moment où il faisait quelques pas sur le trottoir, Éliane venait à lui. Elle serait vêtue misérablement et le regarderait avec admiration. Il l'inviterait à faire une promenade. Elle accepterait et tout ce qu'elle avait enduré sans lui ferait qu'elle consentirait de nouveau à partager sa vie. La nuit et la fièvre aidant, son imagination ne s'arrêtait plus. Il conduisait Éliane chez les plus grands couturiers, chez les plus grands joailliers. Elle ne cessait de le regarder avec amour et reconnaissance. Tous deux partaient pour l'Italie. Le passé était oublié. Elle se donnait à lui de tout son cœur. Chaque jour, ses rêves prenaient plus d'importance. Sa fortune était telle, qu'il faisait construire une villa à Biarritz, qu'il achetait un appartement dans le quartier de l'Étoile. Éliane boudait quand il la laissait seule. Elle voulait le suivre partout. À chaque instant, elle l'embrassait, lui prenait les mains, lui demandait un objet qu'il lui donnait sur-le-champ.

Le matin, quand cette fumée s'était dissipée, Pierre Neuhart se sentait tellement découragé, tellement abattu que l'idée lui venait parfois de se donner la mort. Mais, caché sous les couvertures, il ne bougeait pas. Midi sonnait. Il se levait, se rendait à son bureau machinalement, à l'heure où toutes les maisons de commerce sont fermées, écrivait quelques lettres, puis allait déjeuner dans un petit restaurant de cocher. À mesure que l'après-midi s'écoulait, il reprenait vie et ses rêves lui semblaient de plus en plus réalisables. « Il faudrait, pensait-il alors, jouer à la bourse. Il faudrait réaliser tout ce que je possède et le jouer. Si cela réussit, je suis sauvé. Si cela rate, eh bien ! tant pis. Cela ne sera pas pire que maintenant. » Il s'excitait sur ce projet, d'autant plus que ce dernier l'empêchait de penser à la jeune fille. Il ne lui venait pas à l'idée qu'en cas de réussite elle pût continuer à demeurer introuvable ou ne point vouloir partager sa vie. Comme ces gens qui ne croient jamais qu'ils sont la cause de leur malheur, il lui semblait que du jour où il aurait réussi, Éliane, prévenue par quelque voix mystérieuse, reviendrait à lui sans qu'il eût besoin même de la chercher.

Après avoir trempé dans une foule d'affaires compliquées desquelles il était sorti chaque fois amoindri, après avoir tenté des spéculations qui avaient toujours tourné à son désavantage, après avoir vendu jusqu'au droit au bail de son appartement, Pierre Neuhart se retrouva, cinq ans après le départ de la jeune fille, sans argent, sans situation, sans rien.

Il avait à présent quarante-trois ans. En ces dernières années, il avait terriblement vieilli. L'ambition et la douleur l'avaient miné. Découragé, voûté, ruiné, il vivait dans un petit hôtel de Montmartre, prenait ses repas dans un restaurant faisant une réduction par dix tickets, subsistait grâce aux quelques centaines de francs qu'il réussissait à extorquer à d'anciennes relations à qui il faisait pitié. Les après-midi, il les passait sur les champs de courses car le jeu qui lui avait fait tout perdre continuait à demeurer son seul espoir. Et quand il n'avait pas de quoi risquer dans une course, il se passionnait autant pour le résultat que si son avenir en dépendait. Il traînait dans de petits bars où il rencontrait des figures de connaissance avec lesquelles il s'entretenait de combinaisons financières mirifiques, tout en buvant apéritif sur apéritif. À partir de neuf heures du soir, un léger tremblement agitait ses doigts. Son visage maigri et pâle se creusait encore et l'ensemble de sa personne prenait peu à peu un aspect usé et flétri. Pourtant, il éclatait parfois de rire à propos d'une boutade. C'était alors qu'il faisait le plus de peine. On avait l'impression que ce rire l'épuisait, qu'il le prolongeait pour se faire illusion et que la violence de ces accès devait le rendre nerveux au point de lui ôter, quand il se couchait, le sommeil. Mais l'image d'Éliane était toujours vivante dans sa mémoire. À chaque instant, il la revoyait, tantôt lui souriant, tantôt faisant une moue, tantôt encore grave et triste. Son sort, il l'avait accepté. Il savait qu'il ne la reverrait plus jamais, qu'elle n'était plus qu'un souvenir lointain comme sa jeunesse, comme la guerre. Souvent, il allait se promener dans les parages du boulevard Pereire. Il vivait alors des minutes délicieuses. Tout ce que la vie avait fait de lui disparaissait. Il restait seul avec lui-même comme si, quarante ans durant, il eût vécu dans une île. Dans chaque rue, il lui semblait voir passer Éliane. Quelquefois, cette impression était si forte, que tout disparaissait pour laisser devant ses yeux la silhouette de quelque passante à qui son imagination prêtait la démarche et le corps de la jeune fille. Mais, pas un instant, l'intention de toucher ce fantôme, de lui parler, ne lui venait. Il savait qu'il ne s'agissait que d'une construction de son esprit et si elle suffisait à l'émouvoir, il n'en ignorait pas moins qu'elle se fût évanouie au moindre geste.

Le soir, quand il se retrouvait dans sa petite chambre toute pleine de manies, de choses à leur place et de désordre, il s'asseyait près de la fenêtre qui donnait sur une rue étroite, sillonnée toute la nuit d'automobiles. Il commençait par écouter les trompes, les cris des femmes ivres, puis, ensensiblement, il se remettait à penser à Éliane. « Si elle était malheureuse, elle aussi ? » songeait-il. Des rêves insensés lui venaient à l'esprit. Il la rencontrait. Elle était pauvre et perdue, sans amitiés, dans Paris. Elle se souvenait de tout ce qu'il avait fait pour elle. Elle avait pitié de lui. « Nos deux vies misérables, disait-elle, en feront une heureuse. Ne nous quittons plus. Aimons-nous. Puisons dans notre amour la force de recommencer une existence meilleure. » Il se levait et sa fatigue, alors, apparaissait plus grande. On eût dit que, parce qu'il était seul, il ne la cachait plus. En marchant, il s'appuyait aux meubles. Il n'essayait même pas de se redresser. Pas un instant, il ne songeait à se regarder dans une glace, à passer sa main dans ses cheveux gris, à effacer sur son visage un point noir avec lequel il resterait jusqu'à ce qu'un mouvement en dormant l'effaçât. Ses yeux brillaient. Une expression de joie illuminait ses traits, mais c'était tout. Il demeurait voûté, comme avant, aussi lent dans ses mouvements, aussi épuisé. Finalement, il se couchait. Dès qu'il se livrait à la moindre occupation, il ne songeait qu'à cette dernière et tout ce qui avait fait l'objet de ses réflexions disparaissait. Il ouvrait avec soin le lit, s'assurait qu'on ne lui avait pas ôté une couverture, passait sa main sur l'oreiller pour le rendre aussi lisse que du marbre, la glissait ensuite sous les draps, jusqu'au pied, à cause de la crainte puérile qu'on ne lui eût fait la farce de cacher quelque objet ridicule. Puis, il se déshabillait avec une lenteur extraordinaire, pliait soigneusement ses vêtements tachés et, finalement, se couchait, ayant, pour l'espace du lit qu'il ne recouvrait pas, ce regard du soldat, allongé sur une planche, pour le vide qui l'entoure. Mais il ne dormait pas d'une traite jusqu'au matin. Quand il s'éveillait, s'il se retrouvait sur le dos après avoir dormi sur le côté, il essayait de s'expliquer comment cela avait pu se faire.

Puis, tout à coup, il mettait ses bras en croix. Il n'y avait personne à ses côtés. Il se souvenait alors d'Éliane. Dans l'obscurité, il l'appelait doucement. Il s'imaginait brusquement qu'elle était à sa gauche et il se tournait vers elle. Il lui parlait, comme à une enfant, car plus le temps passait, plus l'image qu'il se faisait d'elle était jeune. Il lui racontait des histoires ridicules, lui promettait de lui acheter, quand elle serait plus grande, un vrai cheval, une automobile, des choses avec lesquelles on peut se déplacer. Immobilisé par l'âge et le découragement, il voulait la voir courir, sauter, voyager. Il vivait ainsi avec elle plusieurs minutes, puis, si voulant faire de la lumière, il ne trouvait pas le commutateur, il l'oubliait complètement, persuadé que des démons s'acharnaient contre lui. Il se levait, ouvrait sa porte qui donnait sur un corridor et, à la lumière triste venue du dehors, s'assurait que son commutateur existait toujours. Il s'enfermait alors, se recouchait et, tout en pestant contre l'hôtelier, finissait par dormir.

L'ambition qu'il avait de devenir riche afin de reconquérir Éliane n'était pourtant pas morte en lui. Mais ce n'était plus que machinalement qu'il se rendait sur les champs de course. De même qu'un homme frappé en pleine force de cécité continue à vivre, à se nourrir, à sortir, de même il continuait à jouer. Ses calculs étaient de plus en plus compliqués. Il risquait sans croire à la chance. Il n'avait plus confiance qu'en ses sélections laborieuses. Si le cheval choisi par lui arrivait dernier, il ne se fâchait pas et, le soir, cherchait patiemment à expliquer cette défaite par les performances passées. Il n'était plus pressé de gagner. Si son heure ne venait pas, c'était qu'elle ne viendrait pour personne.

À la fin de l'après-midi, il se rendait dans un café dont les consommations, bien qu'il fût étincelant de lumières, n'étaient pas coûteuses. Il avait coutume d'y prendre l'apéritif avec quelques camarades de rencontre, tous joueurs. Quand il arrivait le premier, il s'asseyait dans un coin et, peu après, le souvenir d'Éliane se présentait encore à lui. La soirée de Mme Aspi lui revenait parfois à l'esprit. Elle avait eu lieu, il y avait six ans, et, pourtant, comme cela lui semblait loin ! Il se rappelait l'attention qu'il avait suscitée, toutes les questions qu'on lui avait posées, certains invités comme M. de Petitepierre, Mlle Duphot, et, au milieu de tout ce monde, deux yeux jeunes et souriants posés sur lui, ceux d'une jeune fille. « J'étais tout de même quelqu'un », pensait-il alors, déjà grisé par les premiers apéritifs. « À ce moment, j'avais une certaine allure. Je ne faisais pas figure d'exception. »

Mais dès qu'il cherchait plus loin dans sa mémoire et qu'il se souvenait de la conversation qu'il avait eue avec Éliane en la raccompagnant, il se sentait déjà plus proche de ce qu'il était aujourd'hui. « Éliane, Éliane ! disait-il à haute voix, où es-tu maintenant ? Si tu es malheureuse, reviens vers moi. Je te pardonne tout ce que tu as fait. » Il la tutoyait ainsi pour la rendre plus réelle. Il s'imaginait que, par delà les maisons, par delà la foule, elle l'écoutait quelque part dans la ville, qu'en l'entendant elle se détournait de l'homme qui était à son côté et que, si elle avait su où le trouver, elle serait accourue. Mais toujours un « bonsoir Pierre » ou un « bonsoir Neuhart » le tirait de ses rêveries. Elles s'évanouissaient alors aussitôt et, comme si jamais Éliane n'eût existé, il se jetait dans des conversations sans fin où il n'était plus question que de chevaux, dont les noms ne faisaient sourire personne.

« Tu n'avais qu'à le jouer, puisque tu le voyais gagnant. ». « Oui, mais je ne pouvais pas laisser Ribambelle ! » répondait un autre. Et ce n'était qu'à huit heures du soir, lorsque le café était à demi désert, que l'on se séparait. Pierre Neuhart se rendait tout doucement à son petit restaurant. Lorsqu'il avait dîné, il repassait devant le café qu'il avait quitté une heure plus tôt. Il cherchait des yeux quelques figures de connaissance. S'il n'en trouvait pas, il s'asseyait à une table libre et cette impression qu'il avait eue toute sa vie de donner plus qu'il ne recevait, il la ressentait de nouveau, bien affaiblie, il est vrai, puisque, seul, il était revenu.

Un soir, après être resté plus de deux heures dans cette brasserie, Pierre Neuhart se prépara à partir. Les fêtes de Noël approchaient. Dehors, une pluie fine tombait sans interruption depuis la fin de l'après-midi. Les salles du café étaient pleines de monde. À chaque instant, de nouveaux clients poussaient les portes, d'autres se levaient. Pierre Neuhart, malgré la résolution qu'il venait de prendre, ne se décidait pas à quitter sa place. Il se sentait bien au milieu de cette animation, sous cette lumière éclatante qui chassait sa tristesse. Des femmes, qui cherchaient quelqu'un ou qui se rendaient au téléphone, passaient sans cesse devant lui. Elles n'avaient aucun regard pour son visage maigri, pour ses vêtements usés, pour la tasse de café qui se trouvait devant lui. Il les examinait pourtant ainsi qu'une mère qui a perdu son enfant, s'efforçant de découvrir sur chacune d'elles quelque chose d'Éliane. Comme l'homme qui a été riche savoure l'indifférence de ceux qui, l'étant encore, ne lui portent aucun intérêt, il jouissait du dédain que lui témoignaient ces inconnues. Elles ne se doutaient pas qu'il avait aimé une jeune fille plus belle qu'elles toutes. Malgré sa déchéance, il souffrait alors dans son amour-propre qu'elles ne vissent point Éliane à son côté. Tous ces regards dont il avait été si fier, jadis, lorsqu'il sortait avec la jeune fille, il ne les avait plus jamais sentis peser sur lui. Plus jamais, il n'avait goûté cette profonde satisfaction d'être un point de mire. À présent, il s'isolait dans un coin et si, par hasard, quelqu'un lui adressait la parole, on ne se détournait que parce qu'un bruit de voix s'était élevé. S'il quittait quelque endroit, c'était au milieu de l'indifférence complète. Dans la rue, personne n'avait plus de prévenances pour lui. S'il entrait dans un magasin modeste, il n'y avait plus, comme avant, cet empressement, ces yeux brillants posés sur Éliane, cette politesse qui le faisait se redresser. Des petites employées ne se retournaient plus sur son passage et les hommes, conduisant des automobiles, regardaient toujours devant eux. Il était seul. Il pouvait tomber qu'on l'eût porté dans une pharmacie comme une chose. Son hôtelier ne le regardait même pas quand il entrait. C'était un vieil homme, seul et pauvre. Il se souvint alors de ces soirées qu'il avait passées avec Éliane dans la salle du fond de quelque brasserie, à jouer aux cartes. Quand il gagnait, on avait joué pour rire. Mais s'il perdait, comme la partie, tout à coup, avait été sérieuse !

Ce soir-là, enveloppé de fumée et de bruit, il suivait des souvenirs heureux un à un, perdu au milieu d'une foule ne se doutant même pas de son existence, lorsque, tout à coup, il sursauta.

– Éliane, cria-t-il.

Une jeune femme, qui se faufilait entre deux tables, se retourna. Elle regarda Pierre Neuhart, ses voisins, puis de nouveau celui qui l'avait appelée.

– Ah ! c'est vous ! dit-elle sans étonnement.

Pierre Neuhart avait pâli. Il essayait de se lever, mais la table l'empêchait de se mouvoir. Ses mains tremblaient. Il avait de petits gestes de vieillard. Une rougeur subite couvrit son front, ses joues, comme une étoffe brûlante.

– Ne vous dérangez pas, fit Éliane. Je reviens dans un instant. Je devais téléphoner à dix heures et il est dix heures vingt. Je reviens tout de suite. Ne bougez pas. Je reviens… je reviens… je reviens…

Sur ces mots, elle s'éloigna, non sans se retourner pour lui sourire.

Pierre Neuhart, comme épuisé, se laissa tomber en arrière contre le dossier de la banquette. Ses lèvres étaient séparées. Il semblait respirer avec peine. Il eut alors la sensation que l'on parlait de lui, que ces regards de jadis étaient posés sur son visage, que, sous toutes ces lumières, il se trouvait au centre de la salle. Il se redressa, caressa une seule de ses joues, ses cheveux, une manche de son veston, le bois lisse de la table. Il poussa sa tasse, la remit devant lui, caressa de nouveau ses cheveux. Il ne pensait à rien, ne voyait rien. L'émotion, la joie, la peur, la honte d'être aussi misérable le faisaient haleter. Malgré les efforts qu'il faisait pour ne pas changer, pour être le même homme que celui, solitaire, qui avait été assis à cette place, il se trahissait à des sursauts, à des contractions de la bouche. « Éliane,... Éliane... Éliane... », dit-il sans séparer ses lèvres, pour qu'on ne l'entendît pas. À certains moments, il lui apparaissait plus évident encore que tout le monde l'observait. On eût dit que ses membres, comme ceux d'un enfant timide sur une scène, allaient s'immobiliser, se raidir en des mouvements horribles. Il semblait prêt à mourir de gaucherie et cela cependant que personne ne faisait attention à lui.

– Éliane ! Répéta-t-il.

Elle se tenait devant lui et le regardait gentiment.

– Faites-moi une petite place, dit-elle.

Il n'avait pas songé avant à la lui faire. La confusion le fit rougir de nouveau. Il avait l'impression que tous ses voisins ne le quittaient plus des yeux, qu'ils pensaient que cette jeune fille lui faisait un trop grand honneur en s'asseyant à son côté. Il se recula, sans oser la regarder. À chaque instant, il commençait un geste qu'il n'achevait pas. Il sentait, sur sa nuque, une sueur chaude. Et, tout à coup, il se mit à trembler, durant quelques secondes, absolument comme si on l'eût secoué.

– Vous attendez peut-être quelqu'un ? demanda Éliane.

– Non, non, je n'attends personne.

– Alors je m'assois un instant, si vous n'y voyez pas d'inconvénient.

Éliane n'était plus une jeune fille. En ces quatre années, elle avait pris une sorte d'assurance dont elle ne s'apercevait pas. Elle ne parlait plus comme avant. On devinait que sa nervosité de jadis avait disparu, qu'elle avait réfléchi, qu'elle avait compris que, si elle ne changeait pas, elle serait malheureuse toute sa vie. Cette évolution avait été si naturelle qu'il ne lui venait pas à l'idée de la cacher. Elle ne savait pas tout ce qu'elle avait perdu pour mieux se défendre. Au contraire, elle se croyait à présent plus intelligente qu'auparavant. Elle s'appliquait à laisser deviner son expérience.

– Je pensais bien qu'un jour je vous rencontrerais, dit-elle, à peine assise.

Pierre Neuhart la regarda pour la première fois en face. Il eut alors nettement l'impression qu'elle était aussi pauvre que lui. Un manteau bordé de lapin teint la vêtait. Ses ongles, longs et pas soignés, étaient couverts d'un vernis qui dégageait une odeur acide. Des bagues de bazar ornaient ses doigts. Un petit chapeau, agrémenté d'une boucle de fausse écaille, la coiffait. Et ses mains nues, émergeant de son manteau comme celles d'un homme ne portant pas de manchettes, tenaient un sac d'étoffe, décousu aux extrémités du fermoir.

– Oui, j'étais sûre que je vous rencontrerais un jour ou l'autre, continua-t-elle. Vous savez, maintenant, j'ai bien changé. Je me débrouille toute seule. Vous avez vu, je viens de téléphoner. Si l'affaire réussit, je crois que je vais être engagée par l'Europa-Film pour faire de la figuration. C'est le commencement. Après, j'aurai des rôles. Et vous ? Vos affaires vont-elles aussi bien qu'avant ? Vous ne m'en voulez plus, j'espère ? Si cela ne vous ennuie pas, nous pourrons être de bons camarades. On pourra se revoir de temps en temps. Quelquefois, je pense à vous, vous savez. Ce que j'étais bête alors, hein ? Ne trouvez-vous pas, monsieur ? Mais aussi j'étais très jeune. Attendez, j'avais dix-sept ans. C'est une excuse, n'est-ce pas ? Figurez-vous qu'aujourd'hui, justement, je me disais : « Tiens, ce serait drôle que je rencontre monsieur Neuhart ! » et voilà que je vous rencontre ! Encore a-t-il fallu que vous me voyiez, car moi, vous savez, je ne regarde jamais un homme. Si on les regarde, sans faire attention, il s'imaginent tout de suite qu'on cherche à entrer en relations avec eux. Ah ! je ne vous ai pas dit que maman était dans un hôpital ; mais elle est libre. Elle peut se promener, recevoir des visites ; seulement il ne faut pas qu'elle sorte de l'hôpital. Je vais la voir tous les jeudis. Mais elle ne me reconnaît que quelquefois. Tout de suite elle s'imagine que je viens lui prendre ses petites affaires. Elle se sauve presque chaque fois dans sa chambre. Il n'y a pas de serrure, mais elle tient le bouton de la porte si fort, qu'on ne peut pas ouvrir. Mais vous, vous ne me parlez pas de vous. Vous habitez toujours boulevard Pereire ? Qu'est-ce que vous faites ? Racontez-moi un peu votre vie. Pierre Neuhart ne cessait de regarder Éliane. Il ne la reconnaissait plus. La jeune fille qu'elle avait été se dressait devant lui, dès qu'il se laissait aller, plus vivante que cette ombre. Insensiblement, sans qu'il s'en rendît compte, il redevenait près d'elle, l'homme qu'il avait été. Aucune pitié ne naissait dans son cœur. Il avait oublié ce que lui aussi était devenu. Sa déchéance, son âge, sa vie, ne lui venaient même pas à l'esprit. Il demandait inconsciemment à Éliane d'être pour l'homme qu'il était aujourd'hui celle qu'elle avait été quand il était encore maître de sa destinée.

– Mais qu'est-ce que vous faites maintenant ? demanda-t-il finalement.

– Ce que je fais ? Mais vous le savez bien. Je vous l'ai dit. Je veux devenir une grande artiste. On m'a toujours dit que j'avais les dons qu'il fallait. Il me manque malheureusement des protections, quoique j'espère en avoir d'un certain côté. Dans le cinéma, dans le théâtre, c'est comme partout. Il faudrait, pour réussir, se prêter à certaines choses, et moi je ne veux pas. Avec le talent que j'ai, d'après ce que l'on me dit, je dois arriver sans cela.

Évidemment, c'est plus long. Au lieu d'être vedette tout de suite, je suis obligée de commencer par faire de la figuration. D'ailleurs, c'est en bonne voie. Je viens de téléphoner, je vous l'ai dit, à un monsieur qui a une place importante dans l'Europa-film. Si cela réussit, je suis obligée de partir pour la Suisse. Ils ont déjà commencé le film. Il doit se passer dans les montagnes. Enfin, après-demain, je dois voir ce monsieur et il m'a promis de me donner la réponse.

Pierre Neuhart écoutait Éliane sans la comprendre. Petit à petit, il redevenait l'homme qu'il avait été avant qu'elle parût. Il ne la regardait plus, n'avait même plus la coquetterie de se tenir droit. Le souvenir d'Éliane l'emportait peu à peu sur la jeune femme présente.

– Il est onze heures. Pas possible ! dit tout à coup Éliane. Il faut que je vous quitte.

– Onze heures, répéta-t-il machinalement.

– Au revoir…, à bientôt…, il faut que je me dépêche.

– Mais laissez-moi vous accompagner, balbutia Pierre Neuhart.

– Jusqu'à la porte, si vous voulez. Pas plus loin. J'ai un rendez-vous tout près d'ici et je ne voudrais pas qu'on me vît avec vous.

Il se leva, suivit Éliane. Arrivée dans la rue, elle s'arrêta.

– J'aime mieux vous quitter maintenant, dit-elle. D'ailleurs, nous nous reverrons. Vous n'avez qu'à venir de temps en temps dans ce café. J'y viens aussi quelquefois. Nous finirons bien par nous rencontrer. Je vous quitte. Allons, au revoir.

Mais vous ne m'avez pas dit si vous pensiez quelquefois à moi. Il faudra me le dire, la prochaine fois.

Elle s'éloigna. Pierre Neuhart la regarda partir. Mais il y avait encore, malgré la pluie, malgré l'heure tardive, tellement de monde dans la rue, qu'il la perdit de vue presque aussitôt.